新潮文庫

あとの祭り

冬のウナギと夏のふぐ

渡辺淳一著

目次

あとの祭り

冬のウナギと夏のふぐ

ブッシュも可哀相《かわいそう》

相変らず暗いニュースが続くなかで、唯一《ゆいいつ》、おかしかったのが、ブッシュ大統領に対するローラ夫人の皮肉である。

その発言がでたのは、二〇〇五年四月三十日。ホワイトハウスに詰めている記者とブッシュ大統領夫妻の夕食会が、ワシントン市内のホテルで開かれたとき。集った人達が、大統領夫妻とは顔見知りの、いわば内輪の記者との気軽な会であったせいか、その席で大統領がスピーチを始めると、そこに割り込むかたちでローラ夫人が話をはじめた。

問題はその中味だが、「夫（ブッシュ大統領）は、いつもこの時間には、寝息をたてているわ。だいたい九時には寝るのですから」。

そして、「本当に、世界中の圧政を終わらせたいのなら、もっと遅くまでおきていなくては」といったあと、「おかげでわたしは一人で『デスパレートな妻たち』を見ているの」といいだしたので、記者たちはびっくり。

それというのも、「デスパレートな妻たち」は、主婦の性的不満などを扱ったABC放送の人気番組であったからである。

これに続けて夫人は、「わたしとリン・チェイニー（副大統領夫人）は、本当にデスパレートな妻よ」といいきった。

この大胆発言にホワイトハウス詰めの記者たちも驚き、次の瞬間、大爆笑に変ったとか。

この新聞記事の上には、いささか苦い顔をしているブッシュ大統領と、あでやかな微笑《ほほえ》みをたたえているローラ夫人が大きく写っている。

以上の記事をみて、たまたま気楽な場での、よくある冗談、と見る人もいるかもしれないが、寝る時間までバラしたところをみると、そうとも思えない。

それに冗談なら、副大統領夫人まで巻き込むこともないし、そのあとの、日頃の鬱《うつ》憤《ぷん》を晴らした、といわんばかりの笑顔も説得力がある。

しかし、大統領は五十八歳で夫人と同じ年齢である。大統領はともかく、夫人はいかにも健康そうで、まだまだ女盛りのようである。この夫人に対して、大統領が毎晩九時に寝るのでは、欲求不満が高じるのも当然かもしれない。

こうして、「デスパレートな妻たち」を見ているとは、大統領夫人も可哀相。これなら、平凡なサラリーマンの妻のほうが余程いいわ、と思う女性も多いかもしれない。しかし、いまや日本のサラリーマンも精力不足。夜九時に寝るかどうかは別として、家に帰ってきたら多くはバタン・キュー。

おかげで、セックスレスは増える一方。ある調査では、四十代から五十代のセックスレスは、五割をこえている、という報告もある。

ということは、大統領夫人の不満は日本のサラリーマン夫人の平均的な不満でもあり、さらにいえば、そこで取材していた記者たちの妻の不満でもある。

では、この夫の精力不足と妻の欲求不満はどこからくるのか、ということだけど。

その最大の理由は、「一緒にいるから」。

いいかえると、「結婚しているから」、ということになりそうだ。

それにしても、ローラ夫人は我儘《わがまま》というか男を知らなさすぎる。

夫は九時に寝てわたしを求めない、というけれど、相手はアメリカの大統領である。善悪は別として、現実に世界最高の権力者であり、その一挙手一投足が、世界各地の人々の生活と運命を左右するのである。

彼の許《もと》には、連日、世界各地からの情報が集り、それを分析し、各々《おのおの》について判断し、決定しなければならない。

この決定という仕事がもっとも負担で、彼を疲れさせているに違いない。

いうまでもないことだが、そのあたりの評論家が、外部からいい悪いと、屁理屈《へりくつ》をいっているのとは、天と地ほどの開きがある。

くわえてそれぞれの決定に対して、ブッシュは馬鹿《ばか》だとか狂っているとか、毎日、耳をおおいたくなるほどの批判や罵声《ばせい》が、きこえてくるに違いない。

それらに耐えて、大統領を続けていくには、余程の神経の図太さとスタミナがなければ勤まらない。

そんな大統領に対して、午後九時に寝てセックスが不十分などというのは、夫に対して思いやりがないというか冷たすぎないか。

男というのは、もっとリラックスして、精神的にも肉体的にも余裕がなければ、女性を求める気になぞなれない生きものである。

このあたりは、わたしの『男というもの』と『夫というもの』という本を読んでもらうと、よくわかると思うけど。

いずれにせよ、大統領夫人で満ち足りたセックスを求めるのはいささか無理というもの。

全世界の人々からファースト・レディとして、憧《あこが》れの眼差《まなざ》しで見られるためには、セックスくらいはあきらめるべきで、それができないならファースト・レディの地位は捨てたほうがいい。

洋の東西を問わず、男と女は違うことを考え、容易にわかり合えないものだが、こと今回にかぎっては、ブッシュ大統領のほうがいささか可哀相。

たとえ笑い者にされても、この件に関しては、世界の男性のすべては、あなたのほうを支持すると思うよ。

年齢制限はいらない

考えてみると、年齢ぐらい当てにならないものはない。

同じ二十歳、三十歳といっても体力はもちろん、頭のよさも能力も千差万別、年齢だけで決めつけるのは間違いである。

こんなことを感じたのは、将棋の瀬川晶司氏の話をきいたからである。

彼は現在三十五歳。これまでアマ名人やアマ王将となり、プロ・アマ戦でも、プロの八段や九段に勝ち、勝率は七割を越えている。まさにアマチュア界の逸材で、プロ棋士になることを熱望しているが、現在の規定ではなることができない。

それというのも、将棋界の制度では、将棋連盟の下にある奨励会に入会し、そこで好成績を納めた者しか、プロ棋士になれないからである。

彼もかつて、この奨励会にいたことがあるが、「二十六歳までに四段になれなければ、プロになれない」という取り決めをクリアできず、退会させられた。

ところがその後めきめきと力をつけ、並のプロ以上に強くなってしまった。要するに、「遅咲き」というわけだが、現状ではプロになれない。そこで、なんとかプロになれるよう連盟に嘆願書を出している。

連盟も、こういう野《や》にいる逸材を認める方向に動きつつあるようだが　ここで問題なのが、なぜ二十六歳という制限をつけたかということ。

だいたいこれまでの経緯を見て、二十五、六歳くらいまでに四段になれないようでは、将来性なし、と判断したのだろうが、人間の能力は年齢だけで簡単に決まるものではない。二十歳くらいまでは天才といわれて、その後、がたんと失速し、ただの凡人になる人もいる。逆に瀬川氏のように、三十歳になってから、じわじわと力を出してくる人もいる。

むろん、この裏には、能力以外に本人の努力や気持のもちようなどが影響していると思うが、単純な年齢の線引きが不適切であることだけは、たしかである。

この年齢制限については、プロの世界でもいろいろである。

競馬の騎手になるための学校に入るには、二十歳未満でなければならないし、競艇選手になるための養成学校も、二十一歳未満、という年齢制限があるらしい。

しかし、ゴルフのプロになるためには、毎年おこなわれているテストに合格すれば、何歳でもなれる。

野球やサッカーはどうなのか。こちらは特別、プロの養成学校もなく、巧《うま》ければいいのだから、年齢制限はないとみて、いいだろう。

実際、二十代で解雇される人もいるし、巨人の工藤投手（現横浜ベイスターズ）みたいに、四十二歳で頑張っている選手もいる。競馬や競輪は特別の教育が必要なのかもしれないが、野球やサッカーの選手を見ていると、線引きは不要に思えてくる。

いや、もっと線引きが不要なのは、求人における年齢制限である。

一般の求人広告で目につくのは、「三十歳まで」という制限で、とくに女性の求人のときに多い。若いほうが職場に順応して、もの覚えが早いから、ということかもしれないが、若い子のほうがピチピチして可愛《かわい》いからと、もう一つの採用の意図も勘ぐりたくなってくる。

ともかく男女含めて、年齢制限が堂々とまかり通っていて、高齢になればなるほど仕事につくのは難しい。

たしかに中・高年のおじさん、おばさんはつかいにくいかもしれないが、なかには経験豊富なうえに頭も柔軟で、よく働く人もいる。

その人たちを救うためにも、一律に切らず、できるだけ面談して決めるべきではないか。

厚生労働省の発表によると、現在のところ、年齢を問わない能力優先の求人は、全体の一三パーセントにとどまっているという。

同省は、これを三〇パーセントまで上げたいとして、各企業に助言や援助をおこなう、といっているが、はたしてうまくいくだろうか。

それにしても、日本人は年齢にこだわりすぎる。実際、ちょっとした人物紹介でも、必ず年齢を添えているし、普段の会話でも、女性に平気で年齢をきく。こんな失礼なことは欧米ではありえないし、したらたちまち顰蹙《ひんしゅく》をかう。

この異様なまでの年齢へのこだわりを見ると、外見だけで相手の内容を見ようとしない日本人の形式主義がよく表れている。

それにしても、年齢の下のほうで気になるのは少年の線引き。現在のところ、十三歳以下は刑法では罰せられないが、悪質な犯罪を犯した者は年齢に無関係に厳罰に処したほうがいい。

ついでに年齢制限を下げるべきなのは、臓器移植におけるドナーの年齢。現在十五歳だが、十二、三歳まで下げなければ、臓器移植を必要とする小児を救えないが、これは別の機会にとりあげることにする。

最後に気がついたのはプロの作家。

こちらは何歳までに、直木賞や芥川《あくたがわ》賞をとらなければ、プロになれません、といった年齢制限はない。十代でも六十代でも、いいものを書きさえすれば、いつでも作家になれる。いや、むしろ年齢《とし》をとって書いたほうが人生経験も豊富で、長続きする可能性は高い。

この門戸の広さは最高。

むろん、学歴による差別や人種差別もないから、もっともオープンな世界というわけ。

これを書きたくてここまで書いてきた、というわけでもないけれど。

（注・なお瀬川氏はその後、連盟規定の編入試験に合格し、晴れてプロの仲間入りをした）

女性専用車が足りない

前項で年齢制限の無意味さについて書いたが、またまた納得しがたい年齢制限の話がもちあがっている。といっても、こちらはまだ表面化しているわけではないが、これから問題になることは間違いない。

なんの話かといえば、この五月からスタートした女性専用車が少なすぎるということ。

以下は、四十代の某女性からきいた話である。

彼女が通勤につかっている東京メトロ半蔵門線。この線の朝のラッシュ時はすさまじく、一度乗って詰め込まれたら、その形のまま、身動きひとつできないとか。

たとえば、吊《つ》り革を摑《つか》んだら、片手を挙げたまま、下げることもできず、顔の位置も、右を向いたら右を向いたまま、変えられない。

おかげであるとき、風邪気味でくしゃみをしたら、前の男性の顔にまともにふりかかって、気まずいことになったとか。

これが逆に、おじさんの大きなくしゃみがもろにふりかかってきた場合を考えるとまさに地獄。むろん腰から下も互いに密着しきって、持っていたバッグが重くて手を離しても床に落ちないとか。

幸い、わたしは自由業のおかげで、満員電車の苦痛はほとんど知らないが、そういう話をきくと、「すげえ……」と、ひたすら驚き呆《あき》れるだけ。

これでは痴漢が増えるのも当然。というより、その気がない男でも、少し妖《あや》し気な気持になるのは自然の理《ことわり》かも。とくに普段、女性と接していない男ほどむらむらするに違いない。

このあたりは、朝の異常なラッシュを知らない、地方の人々には理解しがたいかもしれないが、まさに殺人ラッシュ。

かくして、女性専用車が登場したというわけである。

この女性専用車、痴漢に悩まされる女性にはおおいなる朗報で、各紙でも大々的に報じていたけれど、実際の車両は意外に少ないらしい。

先の彼女が乗る線の場合、後部に一両ついているだけ。全車両、十両のうち一両では、わずか一〇パーセント。

しかし、朝の通勤ラッシュ時の女性の割合は四〇から五〇パーセントに達する。

これだけの女性が一両の専用車に殺到したら、混むのは当然。

おかげで女性専用車は超満員。たしかに痴漢はいなくなったが、混雑度はさらに悪化したというわけ。

そこで早くも生じてきたのが、女性たちの不満。

辛うじて専用車に乗り込み、身動きできないまま発車するや、二一歳前後と思われる若い女性が、超が二つくらいつくしかめっ面《つら》で友達にいったとか。

「専用車は、年齢制限をするべきだよ」と。

これをきいて四十代の彼女はおおいに憤慨。だが次の瞬間、口惜《くや》しいけど、「そうかも」と思ったとか。

これ、もちろん実話。女性専用車に乗れない男たちにはわかりようもないが、この車両の雰囲気はなんとなく想像がつく。

それにしても、こんなことを、思いきり顔を顰《しか》めていう女も女。

そこまでいっては、身も蓋《ふた》もない。

「わたしたちは若くてきれいだから痴漢に遭うけど、おばさんたちは遭わないんだから普通車に乗ってよ」といっているのと同じ。

これでは、年配の女性が怒るのも無理はない。

「じゃあ、若い女は何歳で区切るのよ」と反撥《はんぱつ》する女性もいるだろうし、「若いブスと、年増《としま》の美人と、どちらが上なの？」と反論する人もいるだろう。

いずれにせよ、女性専用車で新たなトラブルが生じはじめていることを電鉄会社は気がついているのだろうか。

このトラブル、解決策はきわめて簡単である。誰でもわかるとおり、女性専用車を増やせばいいのである。ラッシュアワー時の女性客の数に応じて四両から五両にしたら、こんなトラブルはおきない。それをやらないで見過ごしているのは現状で充分と思っているからか。

実際、その件について電鉄会社にきいたら、現状で増やすと危険なので増やす予定はない、と、なにやら、わかったようでわからない答えが返ってきただけ。

とにかく増やさない、というところをみると、本当の痴漢に遭う人のためには一両あれば充分、と考えているのかも。それがぎゅうぎゅう詰めになるのは、痴漢に遭いそうもない女性まで専用車に乗っているから、というわけか。

だとすると、これこそ悪《あ》しき差別。電鉄会社が、「痴漢に遭いそうな若い女性だけ、乗って下さい」と、いっているようなもの。

　これでは、女性が電車に乗る度に、

「わたしは有資格者かしら？」と考えなければならなくなる。

　電車に乗る人はすべてお客さま。そして、女性専用車という以上は、女性なら誰でも乗れるようにするべきではないか。

　それにしても、本来、女性と男性を差別するために考えられた女性専用車が、車内では女性が女性を差別する車両になっているとは。

　なにやら恐《こわ》くて、不気味な話ではある。

生《なま》の女より人形が好き

「山口さんちのツトム君、このごろ少し変よ」という歌が流行《はや》ったことがあるけれど。

「日本の国の若い男たち、このごろ少し変よ」と、いいたくなる現象がある。

若い男のなかで、このごろ流行るもの。「萌《も》え萌《も》え」という言葉と、「萌《もえ》ちゃん人形」。

この萌え萌え、本来の意味は、「草が萌えだす」というように、「芽ぶく」とか、「芽ざす」といった意味である。

ところがアニメ系の「同人用語辞典」によると、これとはまったく違う意味でつかわれている。まず「萌え萌え」の定義だが、「勃《ぼっ》起をともなわない、狂おしいほどの愛情」とかで、好きなキャラクターや人物に、「○○ちゃん萌え萌え」というようにつかう。

語源の有力な説としては、かつてNHK教育テレビの「天才てれびくん」のなかで放送されたアニメ「恐竜惑星」に登場する「鷺沢《さぎさわ》萌」に対して、熱烈なファンが抱いたロリコン感情から生じた、とか。

その後、「萌え」がキャラの固有名詞から、愛することを表す動詞、そして形容詞へと変化して、十年くらい前から爆発的に広がったらしい。

要するに、好きな人やキャラクターに、「好きです」というのは照れくさいか勇気がないので、「萌え萌え」と叫ぶ、と考えるとわかり易《やす》い。

しかし実際は、人より圧倒的にアニメや美少女ゲームのキャラクターに対してつかわれ、それもパーツや着ているものにまで執着する。その代表的なものは「ロリ」「メイド」「メガネ」「妹」「体操着」「スクール水着」などなどで、ここまでくると、キャラ萌えなのか単なるフェチなのか、わからなくなってくる。

いま秋葉原の、いわゆる電気街には、これら萌え萌えグッズともいうべき、さまざまなキャラクターからDVD、テレビゲーム、各種雑誌などが所狭しと並べられている。

かつての電気街は、萌え萌え産業に席捲《せっけん》され、これだけで一兆円産業ともいわれている。

いったい、なにがこれほど若者をかきたてるのか。好奇心にかられたわたしは先日、問題の秋葉原まで行ってみた。

そこで真先に感じたことは、たしかに萌えブームらしいが、実態は意外に静か。察するところ、このブームをつくっている若い男性諸君が総じて暗い感じで大人しく、黒いリュックを背負い、多く眼鏡をかけてひっそりと店内を見てまわる。あのおばさまたちの、バーゲンセールに殺到する熱気や迫力のかけらもない。

それにしても、それらの店で売っている、キャラクターやパーツ。人気があるらしいロリコンやメイドやスクール水着にしても、ややエッチという程度。テレビゲームで勝てば女の子が服を脱ぐといっても、所詮《しょせん》、画面でのこと。

正直いって、小生あんなものでは退屈でつまらないだけ。

それらのなかで一軒。ビルのすべてがアダルトショップというのにたどりついて、ようやく一安心。これで男になったような気がしたが、同行の編集者によると、「ここには萌え萌え君たちは来ません」とのこと。

彼等はあくまでつくられたものだけに興味をもち、現実の生々しい男や女やセックスに関するものには関心がないらしい。

実際、ついでに覗《のぞ》いたメイドカフェも、少し可愛《かわい》い程度の女の子がミニスカに白いエプロンを付けているだけ。こんな程度で、と思うが、それでもみな大人しくメイドを盗み見しながら食事をしている。

これでは、「ご主人さま」とかしずかせるより、男のほうがかしずいているようなもの。

昔の美人喫茶のほうが、余程良かったけど。

これら、萌え萌え系を見てつくづく感じたことは、男が男でなくなったということ。はっきりいうと若い男が生の女を避けて、キャラクターやグッズのほうに凝りだし、そちらへ愛を傾けている。

こんな奇妙な現象がなぜおきたのか。その理由の一つは最近の女性は強くなりすぎて、やわな男たちには手が負えなくなったからか。

くわえて、男たちは生身の女を口説くほどの勇気がなく、そのわりにはプライドが高くて傷つきたくない。

実際、下手に女性に手を出して、あれこれ文句をいわれるより、こちらの好みのポーズと笑顔をつくっている人形のほうが、余程可愛くて扱い易いことはたしか。

ここで問題なのは、男は自慰である程度、満足できる性だけに、そういうキャラクターを見てオナニーしているほうが、はるかに楽で心地いいのかも。

これら、もろもろのことを考えると、世の中、平和すぎて、男が男であることがさほど重要でなくなった時代の、一つの象徴的な現象といえなくもない。

それにしても、こんな状態がすすんだら、女性は「いい男がいない」と叫び続け、男はますます怯《おび》えて人形をいじるだけ。

そのうち、生女《なまおんな》とは結婚せず、精巧なダッチワイフと結婚することになるかも。

とにかくこれでは生男《なまおとこ》が減るのと同じだから、対女性への競争率は下がるばかり。

こんなチャンスが訪れるとは、どうやら小生、少し早く生まれすぎたようである。

平和で幸せすぎる日本

六月九日、こう書けば気がつく人もいるかもしれないが。いや、この前日、六月八日なら、かなりの人が記憶しているに違いない。

そう、日本が来年ドイツでおこなわれるワールド・カップへの出場権を獲得した日。これが記念すべき日であることは間違いないけれど。

わたしが気になったのは、この次の日の新聞紙面の異様な騒ぎかたである。

この日（六月九日）の新聞はまさにサッカー一色。

ある新聞は一面トップで、「日本、3大会連続W杯」と、大きなタイトルの下、派手なカラー写真が二枚。一面のほぼ三分の二が、この記事でうずまっている。

さらにスポーツ面になると、見開き両面が同様の記事で、社会面のほぼ全面も、サッカーで占められている。

いわゆる一般紙のすべてがこうだから、スポーツ紙はいうまでもなく、サッカー一色。おかげでこの日、大手新聞の一面でサッカー以外の記事といえば、ある紙は、「憲法改正の国民投票法案　今国会提出見送り」、他は「橋梁《きょうりょう》談合　道路公団関与捜査へ」とか「安保理拡大　拒否権15年凍結」といった内容。

幸い、大きな事件はなかったが、それにしても、このサッカー狂い。少し前の「尼崎の脱線事故」「中越地震」などを知らせる記事以上に大きく派手だった。

たしかに、いまやサッカーは野球をしのぐ人気スポーツ。その日本代表が北朝鮮を破り、ワールド・カップ出場を決めたことは、大変なニュースであることはわかるが、それにしても、これほどでかでかと書くほどのことなのか。

これらのなかで、やや落着いていたのは日経新聞だけ。あとは、ひたすらサッカーさまさま。もう少し冷静に報ずべきことはいろいろあったと思うが、いまや新聞社のデスクまで、サッカーファンに占拠されてしまったのか。

新聞に勝るとも劣らず狂っていたのがテレビ。ここも朝からサッカー一色。各チャンネルとも、ゴールの瞬間から終盤の北朝鮮とのトラブル、さらにバンコクまで出かけた日本人サポーターの応援風景、そして日本各地での熱狂ぶり。

さまざまなアナウンサーからレポーター、さらにはコメンテーターまで、もっともらしいことをいいながらサッカー狂を競いあう。

「なんだ、お前も結構、よく見てるじゃないか」といわれそうだが、わたしは朝、起きて見た新聞記事の大騒ぎに呆《あき》れて、チャンネルを捻《ひね》って見ただけ。

とにかく、どこを何回捻ってみても出てくるのはサッカーばかり。

たしかに平均視聴率が四三パーセントで、サッカーファンが多いのはわかるが、他の五〇パーセント以上の人は、サッカーにあまり興味がないのである。その人たちのことを忘れられては困る。

ここでも唯一《ゆいいつ》変っていたのは、日経系のテレビ東京だけ。朝の八時台でも、「更年期こそ若返る」と、サッカーなぞどこ吹く風。その間抜けぶりというか異色ぶりだけが、断然光っていたけれど。

今回、バンコクには百人をこすサポーターと五百人以上の報道関係者が乗り込み、それらが競技場のまわりに集い、太鼓入りの大声援を送ったとか。

さらに競技場を見下せる現地の高級ホテルには日本人があふれ、その十五階以上はすべて日本人で貸しきられたという。

現実に見られぬ試合に、「そこまでして出かけるサポーターの熱意」と、新聞でもテレビでも大絶賛。それが選手たちにも通じて勝てたというけれど。正直いってこの話、きいていて、なにかうさんくさいというか気恥ずかしい。

たしかに、熱気は凄《すご》いかもしれないが、そんな馬鹿《ばか》げたことができたのは金と暇があったから。どこの誰が借りたのかは知らないが、一泊四万円もの部屋に泊まるには、ただの学生やフリーターでは不可能だろう。となると社会人か金持ちの息子や娘か。

それで、「勝った勝った」と騒いでいるが、北朝鮮には、この様なサポーターはなく、現地の韓国人が応援しただけとか。

となると、金にあかせて大騒ぎしたのは日本人だけ。それを北朝鮮の選手たちは、どんな思いで見ていたのだろうか。

さらに大挙して押しかけてきて派手に騒ぐサポーターや大袈裟《おおげさ》すぎる報道陣を、タイの人々や東南アジアの人たちは、どう思っていたのか。たしかに目先、お金が落ちて現地はうるおうかもしれないが、それを単純に喜んでいるとも思えない。

バンコクまで出かけて行ったサポーターの熱情はともかく、それが周囲にどのような影響を与えるか、そこまでの思慮の深さはなかったようである。

それにしても日本は平和な国である。ときたま大きな地震や事故は起こるとしても、新聞もテレビもサッカーの予選突破が最大の記事で、それだけでほとんどが埋め尽くされるとは。これでサッカー王国にでもなったつもりなのか。

ともかく、これほど平和で幸せでは、若者が呆《ぼ》け、政治になんの関心も示さなくなるのも当然かもしれない。

二兎《にと》を追うものは

「このごろの若者……」などといいたくなくても、やはりいいたくなるのだが、覇気というか、元気がない。

もちろん仕事においてもそうだが、ここでいいたいのは恋愛において。

女性をゲットする、その点において覇気がなさすぎると思うのだが。

この覇気という言葉、正しい意味は覇者になろうとする気概というか意気込み。さらには、積極的に立ち向かおうとする意欲で、一人の女性を口説いて深い関係になるためには、この覇気が欠かせない。

ところが、最近の若者のなかには、いわゆるオタク族が増えて、現実の女性と接するとたちまち萎縮《いしゅく》して口ごもるばかり。

以前に書いた萌《も》え萌《も》え族のように、萌《もえ》ちゃん人形や、それに類したグッズを買いこんで、自慰するだけだとか。

これでは一人前の男になれないし、仕事や対人関係でも自信をもつことができない。せっかくの若いときにもったいないと思うが、最近は三十代、四十代の男性たちも総じて真面目《まじめ》なようである。

先日、「爆笑問題のススメ」という番組の収録をしてきたが、ここの司会をしている、太田、田中の両君。わたしは彼等のファンだが、会ってみて真面目で堅実な考えのもち主なのに驚き、感心した。

あれほどの人気者だから、余程、遊んでいるのかと思っていたが、そちらのほうは清廉《せいれん》潔白とか。「本人がいうのだから、当てにならない」と、思うかもしれないが、二人の目を見ていると、偽りとは思えない。

彼等にかぎらず、最近は善良な男や夫たちが増えたようだが、これも女性が強くなり、妻の権力が強大になったせいか。

おかげで、「公序良俗が保たれて、よろしい」といえばそのとおりだが、なにか淋《さび》しい気がしないでもない。

実際、女性たちのなかには、この男たちの、「覇気のない症候群」に苛立《いらだ》っている人もいるようである。

先日、三十代から四十代の女性たちが七、八人集まった会でも、もっぱらそのことが話題になった。

彼女たちは、もっと、男たちがどんどん近づいて、迫ってきて欲しい、と思っているのに、最近の男はからきし元気がないという。

若い男は初めから駄目だし、少し元気のある中・高年の男は、若い女ばかり追いかけているとか。たしかに集まった女性たちは、それなりに仕事をしていて収入もあり、話も楽しく、ほどほどに美しいのだが、こういう強力負け犬を見ると、男たちはビビるのか。

それにしても、男は女を口説く生き物である。口説くから男なので、口説かないのでは男といえない。

ところで、口説くに当って一番邪魔なのがプライドである。いまの若者が女性たちに消極的なのは、断られるのを恐れているからかもしれない。

事実、先の女性たちも、一度、食事に誘われて都合が悪くて断ると、ほとんどが二度と誘ってこないという。

これでは、うまくいくわけがない。ストーカーになられては困るが、男なら二度や三度、断られたくらいで、あきらめるべきではない。

そういえば昔、ダンスパーティ華やかなりしころ、ある女性を狙《ねら》って真っ先に飛びだし、「お願いします」というと、「いま、疲れています」というではないか。

この台詞《せりふ》が、女性が断るときの決り文句。

「なんだ、お高くとまって」と腹立ちまぎれに、すぐ横にいた女性にお願いすると、彼女も「疲れています」という。

そういわれては引っこみがつかず、横にいる女性に次々と絨毯《じゆうたん》爆撃のように申し込むと、みな断られ、最後の五人目の女性にいきなり横っ面《つら》を張られた。

「なによ、見さかいもなく手当り次第に誘って」という、怒りの一発だったようだが、それはそれですっきりして、おおいに納得できたけど。

そこで先の女性たちの話に戻るが、いけないのは、二兎を追うからだという。

「あちこち、手を出すから、一兎も摑《つか》めないのよ」といいたいらしい。

たしかにそうかもしれないが、それは追われる、兎の立場の女性たちの意見。

二兎を追ってはいけないとは、あらゆる場合に通じる教訓ではあるが、女性に関してだけは別。

言葉どおり、「二兎を追う者、一兎も得ず」は同じだけど、その内容はまったく違う。

以下はわたし流の解釈だが、二兎しか追わないから一兎も摑めないのである。

ではどうするか。こんなこと女性にはあからさまにいえないけど。

はっきりいって、女性をゲットするときだけは、二兎どころか、三兎か四兎か、ときには五兎くらい追わなければ、一兎も摑めない。

なんだ、それでは、「数打ちゃ当る」ではないか、といわれそうだが、そのとおり。二兎追って一兎摑めるのは、余程のいい男だけ。並みの男は、二兎くらいでは無理。

かくして、「二兎を追うもの、一兎も得ず」ということになるのだが。

男たるもの、もっと女性を追いかけていい思いをしないと、人生のたそがれはすぐですよ。

広州、その雑多な魅力

六月の半ば、中国の広州へ行ってきた。これまで、北京《ペキン》や上海《シャンハイ》へは何度も行っているが、広州へ行くのは初めてである。

正直いって、行く前、いささか気がすすまなかった。日本が梅雨に入った鬱陶《うっとう》しさにくわえて、原稿がすすまず焦《あせ》っていた。こんなときに中国南部の亜熱帯の街まで行くのは、いささかしんどい、と思っていたのだが。

それでも行ったのは、現地で講演会の予定が入っていたからである。

結果としてこれがよかった。講演の予定を、原稿がすすまないからといって、勝手にキャンセルするわけにいかない。

ともかく飛行機に乗って成田から四時間半。広州に着くと、空港がなかなかモダンで立派。

昨年夏に新築されたというが、この空の玄関の華やかさが昨今の広州という街の活気を表している。

一般に、中国のコウシュウときくと上海の近くの杭州《こうしゅう》を想像する人が多いようである。いわゆる「杭《くい》のほうのコウシュウ」で、こちらは湖の美しい観光地である。これに比べて広州は中国の工業都市。こう書くと杭州のほうに行きたくなるのが自然かもしれないが、広州は広州で一見の価値がある。

まず、この街に入って、まっ先に感じたことは熱気である。といっても単なる暑さではなく、街全体が生き生きとして躍動感に満ちている。

空港から四十分もせずに市内へ着く。

広州市の人口は八百万、広東省《カントン》だけで八千万人住んでいて、面積が日本のほぼ半分。二〇〇三年の経済成長率は一三・六パーセント。これを見ただけで、いかに成長いちじるしい都市かということがわかる。

ここには日本から日本航空など四社合計で週に四十九便（往復九十八便）も出ていて、香港《ホンコン》やマカオまでは二時間前後で行ける。

なのに多くの日本人に実態が知られていないとは。いや、かくいうわたしもよく知らなかったのだから、まだまだ中国への認識は甘いといわれても仕方がない。

広州は別に「花城」ともいわれているが、理由は字のとおり年中、花が絶えないからである。

わたしが行ったときも赤、黄、紫と、さまざまな花が咲き乱れていたが、なかで樹《き》に紫色の花が咲いていたのが、札幌育ちのわたしには、ライラックに似ているような気がした。実際はそれよりやや色が濃いが紫荊花《しけいか》というらしい。

この街はもともと、各種家具や皮革製品、中国茶などの産地として有名であったが、最近はTCLなど、大型家電メーカーの工場などが進出している。

とくに深圳《しんせん》市から広州にかけては、トヨタ、ニッサン、ホンダなど、日本の自動車会社が進出し、さらに石油工業や鉄鋼産業も盛んである。

これからもわかるように、中国の新しい工業地帯で日本企業も領事館に届け出があるのだけで四百五十社、その他をいれると千五百社をこえると推定されている。

在住日本人も、届け出ているだけで約八千人、その他の長期滞在者までくわえると二万人近くに達する、といわれている。

まさに、日本の産業が中国で花盛り、というより、中国の労働力で成り立っている、といっても過言ではない。

それというのも、この地での労働者の平均賃金が、日本語習得者で月三万円、中国語のみの場合は二万五千円くらいとか。

実に、日本人のほぼ十分の一の給料で、さらに賃金の低い労働者になると月六百元だとか。

現在、一元は十三円前後だから、日本円に換算して七、八千円。ちなみに彼らが食べている昼の弁当はほぼ五元で、六十円から七十円。

これだけ安い労働力があふれている中国へ、日本の企業が殺到するのは理の当然。しかも、それぞれ優秀で器用で勤勉だとか。

そんなことは中国での話、と聞き流している日本人は多いが、その安価な労働力が日本の労働市場にはね返ってくることを考えると、のんびりかまえてもいられない。

過日、ここでも反日デモがあり、五千人とも一万人ともいわれる人々が参加したといわれている。

だが広州周辺まで含めて一千万の人口を考えると、せいぜい千分の一というわけで、さほど驚くことではないかもしれない。

しかもこのデモのあと、広州市のほうから日系各企業に対して問合せがあったとか。内容は、デモのあとも生活や仕事の面で支障はないか。さらに生活環境などについて改善して欲しい点などを尋ね、市としてできるだけ要望に応《こた》えるようにすると約束したとか。

むろん日本国内にはデモのシーンしか流されず、それを見た人のなかには怪《け》しからん、と怒っている人も多いかもしれないが、実情はかなり違うようである。

だからこそ日本企業も日本人も元気に活動しているわけで、外から見聞きしているのと、内にいるのとでは、見かたも感じかたもずいぶん違ってくる。

それにしてもデモのあとで、主だった企業に変りはなかったか、ときいてくるとは。

中国とは、大きくて複雑で、いろいろな顔を持つ不思議な国である。

食は広州にあり

広州ときいて、まっ先に思い出すのが、「食は広州にあり」という言葉である。

これをきくとほとんどの人は、広州には美味《おい》しいものがあふれていると思うに違いない。

だがこう考えるのは少し早計で、この言葉の真意は、「広州ではさまざまなものを食べる習慣があり、食材が多彩である」といった意味のようである。

実際この地には「野味」という言葉があり、この一帯では犬や猫や蛇、さらにはあの悪名高いハクビシンまで食べていた。

もっともSARS《サーズ》(新型肺炎)騒ぎ以降は、これらを食べる人はほとんどいなくなったようだけど。

それでは、「食は広州にあり」は間違いなのかということになるが、そうではない。それら、いわゆるゲテものは食べなくなったが食事自体は大変美味しい。

おかげで本来の意味での「食は広州にあり」になった、というわけ。

この地の中華料理店のいいところは、まず値段が安いこと。

くわえて、すべての料理が淡白で、しかもしっかりと味がある。よく、淡白だが味も曖昧《あいまい》、というのがあるが、これでは味がないのと同じ。

広州料理のさらにいいところは、調味料や香辛料が小皿に少量ずつおかれていて自分で自由に味付けができるところである。上海や北京の豪華な中華料理店では、初めから味付けが濃すぎて食べられないものもあるが、広州のはいずれも淡白で日本人に向いている。しかも最後にチャーハンのような、ご飯ものがでてくるところも好ましい。

もっとも、なかには蠍《さそり》でだしをとったスープなどがあり、なかに細い蠍が浮いているが、これも邪魔にならないし、嫌なら食べなければいい。

いずれにせよ、いまなお軽く野味があって味もよく、正真正銘、「食は広州にあり」というわけである。

中国ではどこでもそうだが、ここ広州でも言葉ははっきりいうべきである。

たとえば老鼠《ろうそ》街《がい》という、小さな店が犇《ひし》めき合っている街で買物をするとき。店のいい値で買う人などいないが、値切るにしても、「まけてよ」とか、「もう少し安くならない」などといっても無駄である。

そういう曖昧ないいかたでなく、五〇元のものなら「四〇元にして」とか、「あと五元引いて」と、はっきり数字に表して交渉しなければ意味がない、というより伝わらない。

それも堂々というべきで、迷ったり自信なさそうにしてはいけない。

日本人は総じて照れ屋で、ええ格好しいで、曖昧で大人しい。そして物を買うときもほとんど値切らない。

もっとも日本でも大阪の人は違う。なんでもはっきりいうし、まず値切る。

わたしの事務所にいるM君も、大阪出身のせいか、万事はっきりしていてわかり易《やす》い。むろん買い物も値切るのが常で、銀座のデパートで、わたしが欲しいと思っていたジャケットを、七万円から五万円に値切ってくれた。

呆気《あっけ》にとられたが、お見事。やはり、なんでもいってみるものである。

この大阪人気質をさらに強くしたのが中国人。さすがの大阪人も中国人には負けるようだが、丁々発止の値切り合戦は見ていて気持がいい。

こういうのを見ていると、日本の外交も丁々発止、はっきりいいあって、理解を深めてほしいものである。

中国には、専業主婦というのがほとんどいない。いても余程、裕福な家庭だけで、女性のほぼすべてが働いていて共稼ぎである。

そのせいか女性はみなはきはきして、前向きである。

夕食会のとき、日本企業に勤めている中国人女性も一緒だったので、きいてみた。

「日本人の男性と結婚する気ある？」

すると即座に答えてくれた。

「はい、お金のある人ならいいです」

単純明快、とにかくわかり易い。

「もし、その人があまりいい人でなかったら？」

「別れます」

まさしくそのとおり。そこで「日本人の上司はどう？」ときいてみると、「ときどき、わからないことをいうので困ります」とのこと。

「どこがわかりにくいのか」ときくと、「これをもう少し」とか、「やや多めに買ってきて」とか、曖昧な指示が多いとのこと。

もう少しではなくて、五〇グラムとか五枚とか、はっきりいって欲しい、というわけ。

この日本人の曖昧さは、アメリカに行っても、ヨーロッパに行っても感じることだが、それは独りよがりの甘え、とも受けとられかねない。

むろんそれが日本独特の文化を生みだし、多くの人たちが馴染《なじ》んできたことだが、それは狭い日本の中でしか通用しない感覚でもある。

いずれにしろ四時間少し飛行機に乗るだけで広州へ行けて、美しい公園や人々が群がる市場に行って値切り、淡白で美味しい料理にありつける。

そして少し足を伸ばせば、香港へもマカオへも行ける。

別に広州観光局に頼まれたわけではないが、広州へ行き、いま成長しつつある街の息吹《いぶき》を感じ、改めて日本を考えてみるのも悪くないだろう。

冷たい妻も……

Kさんが亡《な》くなられた。

年齢は七十八歳。以前、ある新聞社に勤めていて、定年後は郷土史などを調べて論文を発表したこともある。

一見、温厚だが、なかなかの硬骨漢で、近所の人々からも信頼されていたようである。

実は一年前に脳梗塞《のうこうそく》をわずらい、そのあとの心筋梗塞が命とりとなったようである。もともとお元気な方で、こんなに早く亡くなるとは思わなかったが、この数年、お会いする度に弱られていたことはたしかである。

きっかけは、四年前に奥さまを亡くされたことである。

最愛の妻を失っておおいに落胆されていたが、それ以来、傷悴《しょうすい》が激しいので、「食事は、きちんととられているのですか？」ときいてみた。

すると、「一人では、食べる気がしなくてね」と、淋《さび》しそうにつぶやかれた。

たしかに男一人の食事は味気なく、食欲もでないかもしれない。

「それでは、どなたかと一緒になられては……」と、再婚をすすめたこともあるが、Kさんは、「そんな気はない」と素気なかった。

幸い近所にお嬢さん夫婦が住んでいて、いろいろ面倒をみてもらっていたらしく、それでいい、ということのようだった。

このKさんの気持はわからぬわけでもない。高齢になって、いまさら初めての女性と一緒に暮らすのも面倒、と思われたのだろう。

しかしKさんがいつまでも独りでは、お嬢さんも大変だろうし、Kさん自身、さらに痩《や》せて、体力の衰えが目立ってくる。

Kさんのところを訪ねた人はみな心配していたが、Kさんは Kさんなりに、老後の生き方にそれなりの考えがあるのだろう。そう思って、ときたま電話だけで話し合う。そんな状態で過していたときの突然の訃報《ふほう》であった。

Kさんが亡くなられて、お通夜《つや》などで改めてお嬢さんにきいたところでは、Kさんに再婚の気はまったくなかったようである。

それどころか、Kさんの頭の中には、亡くなられた奥さまの思い出がぎっしり詰まっていて、毎朝、仏前に座り、長々と掌《て》を合わされていたとか。

どうやらKさんには、奥さま以外との結婚生活は考えられなかったようである。実際、Kさんの奥さまはよくできた人で、まさに痒《かゆ》いところに手が届くいわゆる世話女房であった。

あれほど自分のことを思い、尽されたら、Kさんが別の女性と再婚する気になれなかったのも無理はない。

その意味では、Kさんは亡き妻への愛を貫き通し、奥さんも幸せであったといえるだろう。

しかし見方を変えて、Kさんがどこかで奥さまへの愛着から脱却して再婚されたら、また新しい道が展《ひら》け、もっとお元気で長生きされたかもしれない。

亡くなった人への思い出はともかく、そこから一歩すすんで踏み出すか、それとも、その時点にとどまるかは、人それぞれの立場や考え方によって異なってくる。

だが一般的に夫婦のいずれかが先に亡くなったとき、まず弱るのは男性、すなわち夫のようである。

これは、ある保険会社のデータだが、七十歳以上で妻が先に亡くなった場合、夫の生存年数は平均六年なのに、夫を失った妻の場合、生存年数は二倍以上の十五年だとか。

この背景には女性の平均寿命が男性のそれに比べて七年近く長いこと、さらに結婚年齢が、男性の方が三、四歳上、ということも影響していると思われる。

しかしそれにしても、一人になってから妻のほうが圧倒的に長生きすることはたしかである。

実際、巷《ちまた》で見ていても、夫を亡くした女性は、「これからが、わたしの青春だわ」とでもいうように、ますますお元気そうなのに、妻を亡くした男性はどこか淋し気で頼りなげである。

まさしくKさんもその一人で、高齢の男は、妻を失うとともに急速に弱る哀《かな》しい生きもののようである。

しかしここで稀《まれ》に、妻に先に逝《い》かれても意外に元気な夫たちがいる。

わたしの知人のNさんもその一人だが現在八十一歳。三年前に奥さまを亡くされたが衰える気配はなく、カメラとダンスなどに熱中してますますお元気の様子。

もちろん精神の切り替えが早く、生き方が前向きなのが幸いしているようだが、いま一つ考えられるのが、奥さまがお元気だったころのこと。

こういっては悪いが、その奥さまは独自の仕事をもっていて、あまりNさんの面倒を見ているようには思えなかった。

要するに、Kさんの奥さまの、いたれり尽せり型とは違って、やや冷淡というか、放っておかれることが多かった。おかげで好むと好まざるとにかかわらず、自分で身のまわりを処する、自立の精神を養われたようである。

これは、まさしく妻の冷たさが幸いした例。こういうのを見ていると、冷たい妻も、それなりに意義があると思えてくる。

そこで、「あなたに冷たくするのは、あなたのためよ」といいだす妻たちが増えてくるかもしれないが、夫たるもの常に自立の訓練はしておくべきである。

顔か柄か

なにごとにも余得というものがある。一般的には怪我《けが》の功名、といったほうがわかり易《やす》いかもしれないが、これから書くのもその一つ。

それで楽しめた、というのにくわえて、エッセイを書くきっかけになったのだから、まさに一石二鳥である。

われわれにとっては余得であり、向こうにとっては怪我の功名になったこととは。この一ヶ月くらい、延々と続けられてきた若貴《わかたか》騒動。

こんな内輪のことを、みなの前で喋《しゃべ》り続ける貴乃花《たかのはな》も愚かだが、それを国家の大事以上に報道し合うマスコミもマスコミ。この馬鹿《ばか》騒ぎのなかで、唯一《ゆいいつ》、慰められたのが、兄弟の両夫人の美しさ。

とくに貴乃花夫人、景子さんの喪服姿は抜群。

もともと綺麗《きれい》な人だが、和装の喪服を着て黒のバッグを持ち、貴乃花のあとを伏目がちに歩いていく。

同様に、花田勝夫人の美恵子さん（その後、二〇〇七年に離婚）。こちらはもともとぼうっとした感じの人だったが、喪服を着るとそれなりに引締ってさまになる。

二人それぞれ和洋、両方の喪服を着ていたが、やはり和服のほうがよく似合って、さすが日本の女、といった感じ。

テレビの内容より、あの二人の喪服姿を見たくて、チャンネルを廻していた男も多いのではないか。むろんわたしもその一人で、画面に景子さんがでてきたときだけはチャンネルを替えずに見とれていた。

この人、貴乃花を陰で操《あやつ》っているとか、気性が強いとか、いろいろいわれているようだが、もともと女は気性の強いもの。その強い女が、真っ黒の喪服に身を包んで、すべてを隠して楚々《そそ》と歩いていく、その鮮やかな変貌《へんぼう》に、男は痺《しび》れるのである。

この二人の夫人の喪服姿で、改めて気が付いたのが、シンプルなファッション。女性が美しく見えるのは、一に喪服で二に制服。とくに看護師の白衣とか、スチュワーデスの制服など。

多くの男性は、こうしたシンプルな、余計な飾りのない服を着た女性に憧《あこが》れ、だからこそ、コスプレなどという妖《あや》し気なものが流行《はや》るのである。

しかしこれらは、女性自身の好みと必ずしも合っているとはいえない。

その証拠に、女性はやたら派手に着飾るのが好き。

わたしが住んでいる渋谷を行き来する女性を見ても、髪の毛は長く、かき上げたり、振り乱したり、さまざまな形の上にカンザシやらリボンをつけ、顔は黒い肌のうえにあくどいメイクを重ねて、ほとんどお化け状態。さらに服装といったら、前は思いきり胸を開いて時には臍《へそ》まで出し、うしろはパンツが落ちる寸前。まともに着ている女性も、薄手のシャツの裾《すそ》をすべて出して、だらしなさの競演。胸や腕もネックレスやブレスレットで飾り、爪《つめ》はいつでも引っ掻《か》けるよう長く伸ばし、派手なマニキュアのうえにピカピカ輝く星のようなものまでつけ、足先の爪もそれに負けず光らせている。

むろん、やや年配の女性たちも、若い子に負けるかとばかりド派手。

もっとも、最近はわたしも感化されて、真っ白なパンツに真っ赤なシャツなどを着ているけれど。

それにしても、女性はこれでもかこれでもかと派手に着飾る、デコラティブが好き。

日本文化の真髄である侘《わ》び寂びは、女性の好みを抑えつけていた封建時代だからつくりだせたのである。

もはやおわかりかと思うが、この女性の派手好きと喪服は、陽と陰の両端にある。

そして多くの男たちが好むのは、陰というか静のイメージの強い、喪服や制服のほうである。

だが多くの女性は、その正反対の派手派手のものを好んで着る。

そこではっきりしてくるのは、女は男の好みのものを着ないで、むしろ反対の嫌いなものを着ている、ということ。

実際、渋谷あたりにいる女の子は、「すっごく可愛《かわい》い」「きれい」などといいながら、自分たちの好みを優先させ、それが男の子の目にどう映るかなどまったく考えていない。

その典型が、この夏、流行るといわれる浴衣《ゆかた》で、赤白黄青とさまざまな柄が重なり合い、それだけで目が廻りそう。なかには和服のよさもわからぬ外人にデザインさせて、派手さを売り物にしているものもあるが、あれでは浴衣の清楚な爽《さわ》やかさにはほど遠い。

これでは男の子もうんざりと思うが、なにせ買うのは女性だから仕方がない。

かくして今年も派手派手の浴衣が流行るかと思うが、その派手派手浴衣の唯一の救いは、顔の美しい人には向いていないということ。

いうまでもなく、美しい人は清楚でシンプルなものを着れば着るほど顔に焦点が集り、美しさがきわだってくる。

逆に、いささか美しくない人は、柄の大きな派手派手なものを着れば着るほど、顔より柄のほうに視線がいって、器量の悪さをかなりカバーできるというわけ。

この夏、どんな浴衣をどんな女性が着るのか、いまから楽しみではある。

恋愛は革命

新潮社の「波」という雑誌（二〇〇五年八月号）の表紙に、わたしの色紙がでている。

「恋愛は革命」と書いた。

変な言葉、と思われる方もいるかもしれないが、これはわたしの実感でもある。

恋愛は革命、という思いは、恋愛をしたことがある人ならみな実感しているに違いない。

もっとも、軽い、通りすがりの恋では無理。ある程度、重い、それなりの内容のある恋愛なら間違いない。

ただし、革命という言葉は、普通、こういうことにはつかわない。

フランス革命とかロシア革命をもちだすまでもなく、日本の明治維新や第二次大戦の敗戦など、政治的状況が根底からくつがえる大きな変革をいう。

しかし、社会の革命と同様、人間、各個人の革命も、それに劣らず重要である。それによって、ものの考え方から行動、生き方まで根底から変ることもある。

一個人についていえば、社会革命より、はるかに大きな影響をもたらすことが多い。

一般に、一人の人間は、成長して大人になるにつれて変ることは少なくなってくる。幼いときは小学生から中学生へ、さらに高校からやがて社会人へと、年齢《とし》をとる毎《ごと》に革命がおきる。それはときに反抗期という言葉でも、思春期という言葉でも表されるが、革命の連続である。

だが、二十五から三十歳くらいになるにつれて革命的変化は徐々に少なくなってくる。

そして四十代から五十代に入ると、男性のほとんどは変るどころか、従来の形に固定し、いわゆる保守的になる。

これを俗に、「ものわかりが悪い」とか、「頑固親爺《おやじ》」といっている。

これに比べると、女性はかなり進歩的というか柔軟である。したがって頑固親爺という言葉はよくきくが、頑固婆《ばあ》さん、という言葉はほとんどきかない。

この理由は簡単で、女性の躰《からだ》自体が常に変化しているからである。

まず十代前半で初潮が表れ、月経、妊娠、出産、閉経と、躰そのものがめまぐるしく変る。それも好むと好まざるとにかかわらず、躰の内側から変っていく。

もちろん、それとともにホルモンの流れも性格も変り、これを天候に例えると、ときに大きな台風がくるかと思えば信じられないほどの穏やかな日も訪れる。

要するに、躰の内側から絶えず変動がおきるために、好むと好まざるとにかかわらず精神のほうも変らざるをえない。

しかし、男のほうは成人後、ほとんど変化しない。それも、常時、風速五メートルくらいの偏西風が吹いているようなもので、ひどい暴風雨に見舞われることもないが、くっきり晴れ渡ることもない。

日々、淡々と同じような風が吹いている分だけ、仕事という点では安定しているが、異様に奮い立つこともなく、徐々に、しかし確実に保守的になっていくだけ。

この男の単調さに、いかに刺戟《しげき》を与えて揺さぶるか。ここで、もっとも有効な働きをするのが恋愛である。

一人の女性を好きになることは、その女性に考え方から行動まで合わせることである。

こんなとてつもないこと、恋愛以外でできるわけもない。それが人を好きになることで可能になるのだから、まさに一石二鳥。

以下、わたしのささやかな体験について述べると、まず恋愛をすると、相手のいうことに耳を傾け、彼女の気持を察するようになる。これはまさしく恋愛効果で、男のなかに革命がおきている証《あか》しである。

そしてそれはさらに、日常の行動の変化にまでおよんでくる。

たとえば、長年一緒にいる妻との旅行なら、ホテルの部屋に入ってスーツやジャケットをベッドの上にでも脱ぎ捨てると、すぐ妻が拾い上げてクローゼットのハンガーに掛けてくれる。

ところが、若い子と旅行をすると脱いだ上着はよじれたまま、いつまでもベッドの上に放置されたままになっている。

「おいおい、○○ちゃん、それを掛けてよ」といいかけて、思わず黙る。

そして、この子は男の上着を片付ける習慣などは身につけてないし、そんな手間のかかる男とは、まだ付き合ったことがないのだと覚《さと》る。

そこでどうするか。せっかく若い子とホテルにきたのに、いまさらむっとして帰るわけにもいかないから、自ら脱いだ服を再び手にとって、自分でハンガーに掛ける。

この一連の驚きと行動は、見事な自己革命である。

いままで、予想だにしていなかったことがおき、それによって、これまでとはまったく違うことをする自分が生まれたのである。これを革命といわずして、なんといおうか。

これが会社でふんぞり返って、部下の女性社員を顎《あご》でつかっているだけでは新しい変革なぞおきるわけもない。

もちろん、自分でハンガーにかけるのは億劫《おっくう》で面倒だが、相手が好きなら仕方がない。これが、「恋することは疲れる」の根拠である。

だが、確実に躰のなかに革命がおきて、当人も変っていける。同様に女性も、男を恋することによって、さらにさらに変っていく。

いまの自分を脱ぎ捨てて変りたい。そう思う人は下手な本なぞ読むより、まず恋をすることである。

冬のウナギと夏のふぐ

七月二十八日は土用の丑《うし》の日。

おかげで、ウナギ屋さんは朝から大忙しとか。テレビでもウナギを焼きながら、ぱたぱた団扇《うちわ》をあおいでいる、ウナギ屋の主人が映っていた。

なかには、一気に焼きすぎて煙が外に洩《も》れ、ボヤ騒ぎになったところもあったとか。

どうしてそんなに、ウナギを食べたいのか。

だいたい、この「土用の丑の日に、ウナギを食べると、夏バテを防げる」といういい伝えが怪しいことは、昔からいわれていたのだが。

もともとは、かの平賀源内が、売り上げ不振に悩んでいたウナギ屋から相談を受けて、「今日は土用丑の日」と書いた張り紙を出して宣伝するように促したことから、繁盛《はんじょう》するようになったとか。

この平賀源内という人、江戸中期の博物学者で起業家で作家で発明家だが、どれも怪しげなところがある。

これでは、ウナギを食べたら夏バテを防げる程度のインチキは言いそうである。

もっとも、「丑の日に、『う』のつくものを食べると体に良い」といういい伝えは、このころからあったようである。

たとえば、うどん、うり、梅干、などが食べられていたらしい。

たしかに、これらなら暑い夏に食べると体もすっきりして夏バテに効きそうである。

これに対して、ウナギではかえってバテそうだが、その逆手をとったのが源内先生。

夏はあっさりしたものを摂《と》りすぎるから、逆にこってりしたものを食べよ、といいだして、大衆に受けたというわけ。

もっとも、それなら他の魚でもよかったと思うが、ウナギが一番手っとり早かったのか。

ともかく、源内先生の策略にまんまとひっかかった庶民は、暑いのにかかわらず、ウナギ屋へウナギ屋へとおしかける始末。

むろん、ウナギ屋は、源内先生に足を向けては寝られない。

ところでわたしは、土用の丑の日に、ウナギを食べたことがない。

といってもウナギは大好きで、昔から日本橋小網町の「喜代川《きよかわ》」という店を贔屓《ひいき》にしている。

ここの白焼きと、胡瓜《きゅうり》をからませたうざくは最高。かば焼きも身がしまっているのにふっくらとして美味。

しかし、夏場にあまり行かないのは混むから。そして源内先生の手にのりたくないから。

それでは、いつ行くのかというと主に秋から冬。

天邪鬼《あまのじゃく》といわれるかもしれないが、このころのウナギは悪くない。それどころか、冬のウナギは脂《あぶら》ものって食べどき。

しかも、お客が少なくてのんびり食べられるのだから絶好。

冬、客のいない店でウナギを食べていると、夏にウナギが売れなくて、源内先生に泣きこんだウナギ屋の主人たちの気持がわかってくる。

なんとか、夏も冬のように客がきてくれないものか、と。

ところが源内先生の策略が当たりすぎたのか、いまや「土用の丑の日はウナギを食べるもの。ウナギを食べたら夏バテしません」という宣伝文句が一人歩きして、夏の客が一気に増えて、ウナギ屋は喜んだ。

だが一方立てれば一方立たずで、今度は冬の客ががた落ち。

ここがわたしの狙《ねら》い目。みながいかないのならこの隙《すき》にいってやろう。そこでいってみたら、思っていた以上に旨《うま》かったというわけ。

天邪鬼をやっていると癖になる、というわけでもないが、夏によく食べるのがふぐ。

こちらは、もちろん冬が本場。

しかし、冬のふぐ屋はどこにいっても混んでいて、値段も高い。

とにかく、ふぐほど、かつての大衆魚が高級魚に成り上がって偉そうにしている魚はいない。

ならば、誰もいかない夏に食べてやろうとふぐ屋に行ってみたら、これが結構旨い。

だいたい、ふぐは淡白で、ふぐ刺しは平目とあまり変らないから夏場にも合っている。

もっとも、ふぐちりとひれ酒だけはいささか暑いから、それさえ外せば、ふぐの揚物も焼きふぐも、結構いける。

むろん白子も旨いし、これこそウナギより夏バテにききそうである。

もっとも、「うちは夏場はやりません」と店を閉めて、高級ふぐ店をうたっているところもあるが、そこまで突っ張ることもないだろう。それに、そういう店は、休んでいる夏場の分まで、値段に加算されそうで怖くて行きにくい。

ともかく、夏のふぐ屋も悪くはないというより、ここも夏は空《す》いていて、冬より安くて快適。

しかしそのうちふぐ屋も、「ふぐ焼きと白子は、夏バテに最良」などといいだして、夏に売り出すようになるかもしれない。

こうなると、なにがいつよくてなにがいつ悪いのか、わからなくなる。

そういうとき一つだけはっきりしていることは、なんでも人と逆をやること。

それさえやっていれば、あまり損することもなくのんびり旨いものを食べられる。

とにかく、今日も暑いので、これからぶらりとふぐ屋に行くことにする。

ネオヤクザ・小泉純一郎

いま、時の人といったら小泉首相。

この人、変人であることはすでにいわれて久しいが、意外にしぶとく、頑固者。世評、さまざまな見方はあるが、この人物の研究は現在の日本を考える意味からも重要である。

小泉純一郎という人、はっきりいってあまり勉強しているとは思えない。なにかの学問に秀《ひい》でていたり、ある種の分野にとくべつ造詣《ぞうけい》が深く、広い視野をもっているというわけでもない。

くわえて、実生活に根を下して組織や人間関係に深い洞察を秘めているとも思えない。もちろん男女関係などには、ほとんど無知というか無関心といった感じがする。

要するに、学究肌でもないし、人間通というわけでもない。

それなのに、どこか面白くて花がある。わたしはもちろんだが多くの人々が彼の言行を見ていて飽きない。

この理由はなになのか。

かつて室町時代の能役者、世阿弥《ぜあみ》が著した『風姿花伝』という本がある。この本は世阿弥の著作のように思われているが、そのほとんどは世阿弥の父・観阿弥《かんあみ》が子供の世阿弥にいってきかせたものを編んでまとめたものである。

その中に、「珍しきが花」という言葉がある。

これは世阿弥がお父さんに、「花のある役者であり続けるためには、どうしたらいいのですか」と尋ねたときに、観阿弥が答えた一言である。

「花のある役者であるために一番大切なことは、常に珍しいことをやることだよ、珍しいことをやるかぎり、お前はスターでいられるはずだ」と。

この言葉は、きわめて示唆《しさ》に富んで奥深い。

普通の父親なら、子供から同じような質問を受けたら、「芸道に精進し、正しく、立派なことをやりなさい」といったことをいう。

だが観阿弥は、まず人と違った珍しいことをやれ、といったのである。いいかえると、正しいとか、みなが認めることなどは既成の範囲内の評価で、それでは先人の枠から抜け出ることはできないよ、と。

これは単に奇をてらう、ということではなく、常に独創性をもち新しいことに挑め、ということで、それが人々の注目を浴びスターになる原点だというのである。

わたしはこの言葉が好きで、常に心がけたいと願っているのだが。

そこで小泉首相だが、自らそうあろうと意識しているとは思えないが、やることなすことすべて珍しい。

むろん彼がよき政治家であるか立派な政治家であるか、などとは関係ない。多分、後世の評価では名宰相とか名政治家ということにはならないだろう。

しかし、珍しい総理大臣という点では第一級。まず歴代総理のなかで、あんなに痩《や》せて、ライオンの鬣《たてがみ》のような変わった髪型の人はいない。これまでの、でっぷりとして根回しが得意そうな、おじさん政治家とはまったく違ってユニークで新鮮である。

さらに、どこか一途《いちず》で走り出したら止まらない。

そのうえ話しかたがストレートで、いわゆるインテリのように、AもいいがBもいいといった曖昧《あいまい》なところがほとんどなく、自説を曲げることもない。

このあたりが、これまでの政治家のもってまわったいいかたと違って、簡明でわかり易い。

さらに特徴的なのが、女性の気配がまったくといっていいほどないこと。とにかくこれほど女の匂《にお》いのしない政治家も珍しい。

そしてきわめつきは、お金や利権の匂いがまるでしないことである。とくに清廉潔《せいれん》白というわけではなく、もともとその種のことに関心がないというのが、本当のところかもしれないが。

最後に、派閥がはびこる自民党をぶっ壊すという宣言。こんなことをいって実行した総理なぞ、あとにも先にもいない。

以上いくつか挙げたが、とにかくこれまでの政治家とまったく違って超珍しい。まさに「珍しきが花」を実践して、観阿弥のいったとおり、いまだに人気が落ちる気配はない。

それにしても今回の解散から総選挙へのもっていきかた。さらに反対票を投じた議員への仮借無き仕打ちなど、あまりといえばあまり、そして見事といえば見事である。

この一連の動きで、はっきりしたことは、「わかり易《やす》い」ということである。

いままでの政治家なら、反対派にこれほど手厳しい処置はせず、派閥との兼ね合いなどから、どこかうやむやにすますことが多かった。

しかし小泉首相は一度でも敵と見たらあくまで敵で、相手の息の根を止めるまで徹底的に叩《たた》きのめす。

このやりかたは、まさしく暴力団のそれと同じ。ストレートで明快で単純で、まわりには敵と味方しかなく、思いこんだら命がけ。それを貫き通すまであきらめない。

ただし見かけは紳士的なので、新しいタイプの「ネオヤクザ」といったところ。

実際、首相のお爺《じい》ちゃんは、背中に昇り龍《りゅう》の入墨を彫っていた港湾請負業小泉組の幹部だったから、その血が隔世遺伝しただけかも。

かくして、今度の選挙は小泉組の勝利は確実と思われるが、これが高じるといつかファシズムにいたる危険性があることも忘れるべきではない。

「アウシュビッツ」を見るドイツ人

先週火曜日の夜、なに気なくテレビでNHKを見ていると、ポーランドのアウシュビッツの映像が流れていた。

何回かにわたるシリーズものらしく、第一回は「大量虐殺《ぎゃくさつ》への道」と題されて、なぜアウシュビッツに強制収容所がつくられるにいたったか、その経緯を、当時の生のフィルムや生存者などの証言とともに浮きあがらせていく。

番組はその後、「死の工場」「収容所の番人たち」「加速する殺戮《さつりく》」「解放と復讐《ふくしゅう》」と五回にわたって続くようだが、いずれも大量虐殺の実態を描くのだから、目をそむけたくなるような、悲惨なシーンが多かった。

ここのガス室では、一日三五〇人のユダヤ人が殺されたといわれ、その他の収容所の犠牲者もくわえると、一〇〇〇万人以上に達するといわれている。

番組では、このガス室の規模や内部の様子などが、CGをつかってリアルに描かれ、生存者たちの生々しい証言をきいていると、あまりのむごたらしさにいたたまれなくなってくる。

そして、かつてベルリンの壁崩壊の直前に、東ドイツのザクセンハウゼンにあった強制収容所跡を見たときのことを思い出した。何十万の人が殺された廃墟《はいきょ》が残る草原を見ていると、風とともに、ここで亡《な》くなった人々の恨みの声が一斉にわきあがるような恐怖にとらわれた。

今回この番組のことを取り上げたのは、いま改めて、ホロコーストについて考えてみよう、と思ったからではない。

それより、これを見ているドイツ人たちのことを思ったからである。

この番組は、イギリスBBCとアメリカの共同制作で、原題は「AUSCHWITZ-THE NAZIS & THE FINAL SOLUTION」となっているから、当然、ヨーロッパでも放映され、ドイツ人も見ているに違いない。

いうまでもなく、ホロコーストはドイツ人たちにとって、もっとも思い出したくないことの一つだろう。もしそのことについて誰かにきかれたら「あれはナチの一党がやったことだ」といえばすむかもしれないが、そのナチとは、ヒトラーの第三帝国のもっとも優秀で正統な人たちの集団である。そして、いまのドイツ人のほとんどが、その血を受けているといっても間違いない。

いわば、自分たちの夫や父や祖父たちが犯した悪行の実態が、ドイツやヨーロッパはおろか、アメリカから中近東、そして東洋の国々でまで見られているのである。それをドイツ人たちはどのように受けとめ、どのようにのりこえているのか。これは映像以上に、大きな問題でもある。

わたしがこんなふうに思ったのは、もし第二次世界大戦中の日本軍がおこなった悪行をこのような映像で全世界に流されたとしたら、と想像したからである。

たとえば南京《ナンキン》大虐殺や七三一部隊の正確な実態など、これらを新しい資料や、実写フィルム、CG、生存者たちの証言をもとに製作されたら。

もちろんホロコーストと南京大虐殺は、違うといえば違うが、虐殺であることに変りはない。それをわれわれはどんな気持で見るだろうか。いや見ていられるだろうか。あれは古い日本の軍隊がやったことだ、と逃げても、それはナチと同様、われわれの夫であり、父であり、祖父たちがやったことである。

そう思うとき、はたして平然としていられるか。そしてドイツ人は……。

そういえばドイツ人の知人がいて、一度きいてみようかと思ったことがある。ナチの残虐行為についてでなく、それが全世界に広く、生々しく伝えられている事実に対してどう思っているか、と。

しかし、わたしはきけなかった。彼にいやな思いをさせたくなかったし、それ以上に優しくていい男だったから。

でも、本当にきいたら彼はなんと答えたろうか。

「僕の知らないことだから」というか、それとも、「それを反省の糧《かて》として、全世界の平和のために働くよ」と答えるか。

そういえば、かつてのドイツは、今回の「アウシュビッツ」だけでなく、映画やドキュメンタリーなど多くの作品で悪役にされ、目の敵にされてきた。

たとえば、「夜と霧」や「シンドラーのリスト」そして「灰とダイヤモンド」や、かの恋愛映画の名作「凱旋門《がいせんもん》」や「カサブランカ」「愛の嵐《あらし》」「哀愁」などなど、それらもみなナチという悪役があって、できあがった映画である。

それに比べて日本は、第二次大戦のもう一方の悪役であったのに、幸か不幸か、世界的に上映された映画で悪い日本人がでてくる作品はきわめて少ない。

この背景には、中国、韓国はじめ、東南アジアが、戦後の疲弊いちじるしく、くわえて内戦などがあり、映画化や映像としておさめるだけの技術や人材がいなかったことが、大きな原因だろう。

これらの国が、もし現在のような経済力をもっていたら、日本軍の悪行を描いた映画や映像は、はるかに多く生まれたに違いない。

そして、われわれ日本人はそれらをどのように考え、どのように立ち向かうか。日本人の戦争認識の甘さは、こういう甘やかされた事実とも、無関係ではない。

なぜ老人医療費は高いのか

先日、厚生労働省は平成十五年度の国民医療費が三十一兆五千二百七十五億円に達し、過去最高を更新した、と発表した。

具体的にいうと、平成十五年度に、病気やけがの治療のため医療機関に支払われた国民医療費の総額が過去最高に達した、というわけである。

この概況によると、医療費が増加する理由として、六十五歳以上の高齢者が増えたからだという。

まず、国民一人当りの医療費は、前年度と比べて一・八パーセント増しの、二十四万七千百円で、過去最高だった十三年度を二千八百円、上回っている。

そこで、年代別の構成を見ると、六十五歳以上が五〇・四パーセントと過去最高。

一人当りの医療費でも、六十五歳以上は六十五万三千三百円と、六十四歳以下の十五万一千五百円の四・三倍に達している。

なかでも、七十五歳以上の後期高齢者（いやな表現だけど）は八十万九千四百円で、年齢が上がるにつれて医療費がかさむ実態が明らかになっている。

また診療種類別では、薬局調剤費が三兆八千九百七億円で、前年度に比べて一〇パーセント以上と、大幅に増えている。

以上のことから厚労省では、医療費が伸びる主な原因は「人口の高齢化によるもの」として、この増加傾向は高齢化の進展とともにさらに続くだろうと予測している。

たしかにデータを見るかぎりではそのとおりで、厚労省の指摘はごもっとも、ということになりそうだが、はたしてそうなのか。

わたしはもっとも医療費をつかう六十五歳以上の一人として、数字だけを見せられて簡単にうなずけないところがある。

まずこの医療費だが、これは医療機関が支払い側に請求して得た金額である。

だからどうした、といわれそうだが、その請求額ははたして間違っていないのか。

むろん、この請求額は官公立病院、一般病院などが求めてきたものだから正しい、と思われているが、ときに不正が発覚して問題になることがある。

この場合、診療報酬支払基金があまりに不自然と思われるものについて、カルテなどを中心に調べることはあるが、現実に医療の現場に立入り、治療を受けた患者ともども調べるケースはほとんどない。

それというのも、病院や医師などが不当な請求をするわけがない、という信頼の上に成り立っているからである。

多くの医療機関は誠実に申請していると思うが、なかにはこの曖昧《あいまい》さを利用して、必要以上の金額を請求している病院もないわけではない。実際、この水増し請求で問題になる病院はあとを絶たないし、現在、摘発されているのは氷山の一角ともいわれている。

いま、厚労省がまっ先にやらなければならないのはこの保険請求の明朗化だが、何十年間もいわれたまま、手をつけていないのが現状である。

ここで医療費請求の問題をもち出したのは、この不正請求の対象として高齢者がもっとも多く利用されている可能性があるからである。

だいたい高齢になって病気をすると、みな心細くほとんどが医師のいいなりになる。「こういう病気の疑いがあるから、こういう検査をして、こういう病気だから、こういう手術をして、この薬を服《の》まないと駄目ですよ」といわれたら、みな「はいはい」とうなずくだけ。

本人が疑ったり、セカンドオピニオンを求めることも少なく、家族も子どもが病気のときのように真剣に考えず、病院におし込んで放置している例も少なくない。さらに高齢で生活保護や心身障害者の認定を受け、医療費の自己負担がほとんどないような場合、これらの患者に対して医療機関がいかに請求してきても、誰の財布も痛まないため、されるがままになっている例も多い。

実際、高齢者を寝たきりにして、ひたすら点滴や薬などを与えて治す気がまったくなかった病院が摘発されたケースもある。

これらは知的障害のある高齢者を食いものにしたもので、さらにいうと医療費の強奪に等しい。

後期高齢者の一人当り八十万九千四百円という医療費のなかに、この種の怪しげなものは含まれていないのか。

本来、高齢になればなるほど医療費はかからないものである。むろん高血圧から腰《よう》痛《つう》、関節痛、目まい、心臓や呼吸が苦しい、などということはよくあることで、これらは暢《の》んびり休ませ、優しい介護をするだけで落着くケースが多い。とくに異性と話したり、肌をさすり合うだけで精神的に落着き、治る場合もある。

こういう人たちにハードな治療はマイナスにこそなれ、プラスになることはほとんどない。

それなのに、やたら病院に押し込め、余計な治療をおこなうのは明らかに医療のやりすぎである。

高齢者の医療にお金がかかるのではなく、実態は高齢者を食いものにしている医療機関が多いのではないか。

データだけうのみにすると、肝心のところが見えなくなる。

スキャンダル、それがどうしたの

またまた始まったスキャンダルの暴露合戦。選挙の度にこの種のものは必ず現れるが、それにしてもレベルが低すぎる。

こんなことを書きたてるくらいなら、もっともっと書かねばならぬことが沢山あると思うけど。

問題のスキャンダルは、岐阜一区で立候補している佐藤ゆかり氏についてのこと。ある週刊誌では、「佐藤ゆかり『不倫メール』500通」という見出しで報じ、その後夕刊紙などが一斉に、「佐藤ゆかり、不倫、大波乱」と、トップの見出しで報じている。

この人、同じ選挙区の造反組のマドンナ、野田聖子氏への刺客として話題になったせいか、とにかくど派手な扱い。いったいなにごとかと見てみると、以下のような次第。

佐藤氏は、上智《じょうち》大学からコロンビア大学に編入して、修士号を取得、さらにニューヨーク大学では経済学の博士号も取得した才媛《さいえん》とか。

だいたい、日本人は外国の大学を出るとインテリで、学位などをもっていると頭脳明晰《めいせき》と思いこむ人が多いが、英語が好きで早めにアメリカに行って、真面目《まじめ》に勉強した、ということのようである。

このあと、氏は日本に帰国して、CSFBという証券会社の経済調査部長となり、エコノミストとして活躍していた。

だが彼女は、ニューヨーク在任中に、現地でテレビプロデューサーと結婚。しかし、二人は性格や生活スタイルが合わず、九八年には夫をアメリカに残して帰国している。

結局、その一年後に正式に離婚するが、今回、問題になっているのは、このあと、二〇〇〇年ごろから、大手マスコミ幹部といわれるA氏と深い関係になったこと。

しかしA氏と際《つ》き合う一方で、B氏と同棲《どうせい》していたため、A氏との仲が悪くなり、結局別れている。

ところが、その二年後に、A氏が佐藤氏と際き合っていたことが、A大人の知るところとなって大騒ぎになる。とくにA氏のパソコンに、彼女とやりとりしたメールが五〇〇通近く残っていて、これを見た夫人が怒り狂い、家庭は崩壊し、同年末にA氏夫妻は離婚している。

そのメールの内容は、「愛しています、Aさんと毎日、ベッドにいたい」「私のすべてを、あなたの中に投げ入れて、大きなあなたについていきたい」といった、えげつない内容のものばかりだという。

以上、小説にもなりそうもない愛のトラブルを長々と書いたが、わたしが気になったのは、そのトラブルの内容ではなく、それを取り上げたマスコミの筋違いのハッスルぶりである。

「夫を海外に残し、B氏と同棲しながら、A氏とも関係」と騒ぎたて、なによりも問題なのは、「佐藤氏がA氏の家庭崩壊をかえりみず、その関係を、自らのエコノミストとしての仕事や、政界への足掛かりに利用していた点だ」と大上段に構えている。

でも、考えてごらんよ。離婚する決意をして、一人で日本に帰ってきた三十六歳の女性が、好意を寄せてくれるAおじさまと深い関係になってどこが悪いの。

妻子ある男との不倫といっても、それなら手を出したおじさまのほうがまず悪いんじゃないのかな。

さらにその裏でB氏と際き合っていた、というが、こんな程度の二股《ふたまた》、結構やってる女性は多いんじゃないの。

くわえて、A氏の家庭崩壊をかえりみず各方面への人脈を広げたといっても、まず家庭を壊したのはAおじさまの間抜けが原因。人脈を広げたといっても、Aさんが彼女に利用されているのに鈍くて気がつかなかっただけである。

さらにいえばこの程度の愛のメール、とくにいやらしくもない。まあ、よくできているほうだと思うけど。

佐藤ゆかりという人、小生、会ったこともないけれど、この一連の騒ぎを総括すると、三十代後半の女性が一人、アメリカから日本に戻ってきて、頭と美貌《びぼう》（？）をつかって、懸命に生きようとして二人の男と関わった、というだけのこと。

これがどうして、政界を揺るがす大事件になるのか。もともとこの種のスキャンダルは選挙中によく出るが、それにしても騒ぎすぎ。もう少しマスコミも大人になったらどうなのか。

フランスで、かつてミッテランが大統領だったころ、彼には私生児のお嬢さんがいたが、その点を新聞記者に「あなたには、隠し子がいるという噂《うわさ》があるが本当か？」と突っ込まれた。

これにミッテランは即座に両手を広げて、「エ・アロール（それがどうしたの？）」と逆にきき返した。

この一言で、その記者は質問を止《や》め、その直後「パリ・マッチ」という大衆紙に、「われわれは政治家の汚職や金権体質は鋭く批判するが、男女の愛にかかわることはとりあげない。それはきわめて個人的な、第三者が入るべき問題ではないからである」と書いた。そして最後に、「われわれは、アメリカの野暮野郎とは違う」とつけくわえた。

日本のジャーナリズムも、これくらいの見識とお洒落《しゃれ》さはもって欲しいものである。

それにしても小泉総理、せっかくさし向けた刺客が困っているのだから一言いってみてはどうだろう。

「われわれは自民党をぶっ壊すとともに、日本人のもつ古い体質もぶっ壊します」と。

夏果てて秋の来るにはあらず

このところ急速に秋めいてきて、気温もせいぜい二十五、六度。朝など二十度を割ることも珍しくない。

ようやく長く暑かった夏も終り、これからは秋めいていくだけ。そう思うとなにか心淋《さび》しく、感傷的になるけれど。

そこでなに気なく思いだしたのが、『徒然草《つれづれぐさ》』のなかの一節。

「夏果てて秋の来るにはあらず。夏よりすでに秋は通ひ……」

著者は、いわずと知れた兼好法師。その、いま風にいうとエッセイ集である『徒然草』の第一五五段にある。

この一文の前後にはもう少しあって、「春暮れてのち夏になり、夏果てて秋の来るにはあらず。春はやがて夏の気を催し、夏よりすでに秋は通ひ、秋はすなはち寒くなり……」と続く。

いまは、夏が終ったところだから、「夏果てて秋の来るにはあらず……」の部分だけ抜き出したが、なかなか含蓄のある言葉ではある。

一般には、夏が過ぎて秋が来るのだ、と思いこんでいる。

しかし兼好法師は、そんな単純なものではないといっているのである。夏が終って秋が来るのではなく、夏のうちにすでに秋の気配は漂っている、というのである。

いわれてみると、なるほどと思う。

夏だと思いながら、ふと上空を見上げると爽《さわ》やかな風が吹き抜け、青空に浮かぶ雲が薄くて白い。

あの、夏の甲子園の高校野球の後半のころ。球場も観客席も熱く燃え上がっているとき、なに気なく空を見上げて、そろそろ夏が終り秋が近づいている、と感じることがある。

兼好法師がいったのは、こうしたときの感覚かもしれない。

浮かれずにしっかりと見詰めれば、夏のなかにすでに秋の気配は漂い、それを重ねて秋は定まるのだ、というのである。

むろんこの一文は、自然現象だけに、いっているわけではない。

いま少し視野を広げて、人々の生業《なりわい》から人生、そして国の盛衰から企業の消長、人気の浮き沈みなど、すべてに通じるものである。

なかでも、わかり易《やす》いのは、人の一生。

人間の夏の盛りというと三十代から四十代か。女性ではもう十歳くらい若いかもしれないが。この時期はまさに人生のもっとも強く輝かしいときで、まさしく夏の盛りそのものである。

しかしよく見ると、このときすでに五十代から老年期へ向かう、人生の秋の気配が滲《にじ》んでいるともいえる。

実際、女性は日々鏡を見る分だけ、盛りの夏の三十代のときに、すでに肌の衰えという秋の気配を察しているのかもしれない。

これに比べると、男は肉体が衰えているのに、なまじっか年功序列のおかげで社会的地位が上がるので、秋の気配を感じにくい。

そして五十代に達して、突然、落魄《らくはく》の秋の気配を知って愕然《がくぜん》とする。

盛夏の中年のあいだ、忍び寄る秋の気配に耳を傾けることがなかったぶんだけ、驚き慌《あわ》てる度合いも大きい。

いずれにせよ、中年をすぎてすぐ老年がくるわけではない。これを徒然草ふうに、「中年終えて、老年の来るにはあらず、中年のうちに、すでに老年の気配あり」と記すと、一層わかり易いかもしれない。

この一文は当然のことながら、会社の経営や人気の浮沈などにもよく当てはまる。一つの会社が隆盛をきわめ、最大の利益を上げて夏の盛りを謳歌《おうか》していても、そのあとにいつか秋が訪れ、ときには倒産の憂《う》き目にあう。

このような例を、われわれはすでに飽きるほど見てきている。

人々はそれを、「時代が変り、その流れについていけなかった」というが、鋭い経営者は、企業の実績がいい夏のうちに、すでに秋の気配を察して次の対応を考えている。

同様に各界の人気者や実力者たちも、もっとも充実している夏のうちに、さらなる斬新《ざんしん》な企画や作品を計画し、たくわえておかなければならない。

とくに人気などは一瞬のあいだに過ぎる夏と同じで、儚《はかな》く頼りない。

それだけに、秋になって慌ててもすでにとき遅し。もっとも売れている人気絶頂のときにこそ、次なる対策を考えておくべきである。

まことに、兼好法師のいうことはもっともであり、人間のおごりを鋭くいましめているが、といってそのとおりすべての人が対応できるわけでもない。

かくいうわたしも、この一文を再読して納得したときは、まさしく人生の夏でいたく感心したが、といってなにか秋への対策を考えたわけでもない。

ただ、なるほどと思って読み過ごすうちに気がついたら秋も秋。

このあとは徒然草によると、「秋はすなはち寒くなり……木の葉の落つるも、先《ま》づ落ちて芽ぐむにはあらず……」ということになる。

ならば当の兼好法師はどうしたか。世の無常を感じてか早々に出家してしまった。

たしかに秋の自分を容認するためには、出家がもっともさまになるが、小生、まだまだそんな心境にはなれそうもない。

かくして名著、『徒然草』も、この長生き時代にはいささかもの足りないが、常に先のことを考えておきなさいということだけは、変らぬ真理ではある。

飛び込みたい奴《やつ》は飛び込め！

阪神タイガースが優勝した。

そこでまっ先に思い出すのが、あの戎橋《えびすばし》からのダイブ。

三〇日朝までに六二人が飛び込んだとのことだが。

このダイブ、二〇〇三年の優勝時には五三〇〇人が飛び込んで一人死亡した。

今年はこの戎橋の上に高さ三メートルの壁をつくって飛び込めないようにしたうえ、この橋を中心に二五〇〇人の警官を配置して警備に当らせた。

仕方なく、狂ったファンはこの橋から一五〇メートル西にある新戎橋に移り、そこから数人が飛び込んだとか。

さらに戎橋周辺では、強引に抑えつけられた若者が近くの信号機や看板によじ登って大騒ぎ。しかもこの男たち、まわりの群集から、「脱げ、脱げ」とはやしたてられて全裸になり、群集に向かってダイブしたとか。

これに警官は慌《あわ》てて、「ただちに下りなさい」「公然わいせつ罪になります」と拡声器をつかって呼びかけたが、通じなかったとか。

このようにあちこちで警官と小競《こぜ》り合いとなり、警察は戎橋周辺で裸になった三人を公然わいせつ容疑で逮捕したらしい。

スポーツ新聞やテレビで話題になっている、これらの記事を見てまっ先に思うことは、平和な国、ニッポン。こんなことで騒ぐ若者も大騒ぎする警官も、なんと幼稚で優しいことか。

狂った若者は甘えた小学生。そしてそれを警備する警官は過保護まる出しのお母さんと同じである。

「それじゃあ、お前ならどうする」ときかれたら、小生の回答は、「放っとく」の一言。

大体、こんなこと、初めから放っとけばいいのである。

そんなことといって、もし死んだらどうすると心配する人もいるかもしれないが、死ぬのを見たら、みなもう少し大人になるはずである。

なにごとも身をもって知らしめたほうがいい。

とにかく死傷する危険があるといっても、それを承知で飛び込んでいるのである。

要するに、自業自得《じごうじとく》。

それを何十人もの警官がマイクで注意し、さらにフェンスまで設けて近寄れなくしてしまう。

これを見て思い出すのが、近ごろの学校教育。何でもかんでも危ないと警戒しすぎて子供たちを狭い教室や運動場に閉じ込め、それ以外のところには一切、出向かせない。

もちろん、最近は物騒だから、注意の上にも注意が必要という気持もわからぬわけではない。

しかし、ダイブをするファンはときにお姉ちゃんもいるようだけど、ほとんどがいい年齢《とし》のお兄ちゃんである。

それらが自分から飛び込みたくて飛び込むのだから、これすべて自己責任。

このことを身をもって覚えさせないかぎり、甘い坊やを大人にする方法はない。

話は突然変るが、中国の上海。そこの名門、復旦《フダン》大学でわたしが講演したときのことだが。

会場に入ってまっ先に驚いたのは、階段教室にあふれた学生の顔、顔、顔。座席はもちろん、あいだの通路まで学生があふれている。いや、それだけではない。入り口から演壇への通路にもぎっしり学生が立ち並び、演壇の上にまで学生が座りこんでいるではないか。

わたしは一瞬立止り、それから演壇にあふれている学生をかき分けて、ようやくテーブルの前に到着して講演をはじめたけれど。

向かいに座ったり、立っている聴衆に向かって喋《しゃべ》るのは慣れているが、ふと横を見ると、足元に座り込んだ学生が、下からわたしを見上げているではないか。

この熱気、この好奇心いっぱいの眼差《まなざ》し。

わたしがいかに中国で人気があるか、ということをいいたくて、こんな話をもちだしたわけではない。

それより、もしこんな状態で日本で講演をしたらどうなるか。

やれ定員オーバー消防法違反などといって、大学当局はもとより警察も決して許しはしまい。

実際、わたしはそのことが心配で、あとで、「あんなに人を入れて、大丈夫？」と主催者側にきくと、「えっ？」と意外そうな顔。

「火事か事故でもおきたらどうなるの？」ときくと、「みな、先を争って逃げますよ」

とのこと。

それで死傷者でもでたら、大変なことになると思うが、そんなことで学校側や主催者側が追及されることはないという。

「だって、好きで集ったのですから」

これこそまさに自己責任。

日本人はなにかというと、国が悪い、主催者が悪いと他人のせいにするが、先ず自分自身が気をつけて身を守ること。

いつまでも、おんぶに抱っこの過保護では大人になりきれず、甘ちゃんが増えるばかり。

とにかく戎橋のフェンス代も膨大な警察の出張費も、すべて税金で払っているのだから、もったいない。

飛び込みたい奴は勝手に飛び込ませて、川底の掃除でもやらせたほうがいい。

楽しめた「NANA」

ときどき、ぶらりと映画を見にいく。

渋谷に住んでいて、この一帯の映画館すべてに十分以内に行ける。いや、最も近い映画館には二分で行けるのだから、まさに地の利を得ているといっていいだろう。しかもシニア割引で、どこでも千円で入れるのだから、こんな手軽な娯楽はない。

そこで先日見たのが「NANA」。

この映画、原作は矢沢あいさんの超人気少女コミックで、初めの頃は若い人たちで混み合っているのだろうと敬遠していた。

それから一ヶ月経《た》って、そろそろいいかと休日にぶらりと入るとまずまずの入り。おかげでゆっくり見ることができたが、これが意外にといっては悪いかもしれないが、とてもよかった。

わたしとは、はるかにはるかに離れている二十歳《はたち》の女の子の青春の強さと弱さが、生き生きと描かれていて素直に共感できた。

むろんベストセラーの映画化だけに、基がしっかりしているのだろうが、くわえて大谷健太郎監督と浅野妙子《たえこ》、二人による脚本がよくできていて演出も快調。

この映画の、なによりもいいところは、ともすれば過剰なお話づくりや抒情《じょじょう》に流れすぎる青春ドラマのなかで、主人公たちがたしかなリアリティをもって生きていることである。

NANAという、同じ名前をもった二人の女の子が東京へ向かう新幹線の中で偶然出会う。そのあと、エレベーターのないマンションの一室を借りることになって再び出会う。

このあたりの話の運びはいささか強引だが、この二人が次第に惹《ひ》かれ合い友情が芽生えていく。

その一人、大崎ナナは、パンクバンドのボーカリスト。東京でのスターを夢見て上京するが、早くに親と別れて、不幸な生い立ちを背負っている。絶えず煙草《たばこ》をふかし、ファッションも前衛的なパンクスタイルで、いわゆる不良を気取っているが根は繊細で傷つき易《やす》い。

一方の小松奈々《なな》は、東京へ行ってしまった恋人を追いかけて上京する。

こちらの奈々は明るい家庭ですくすく育った気のいいお嬢さま。あまり人を疑うこともなく、仕事よりは恋が第一というタイプ。

着ているものも白やピンクの優しい感じのものが多く、襟元のスカーフもどこかレトロっぽくて愛らしい。

この生い立ちも性格も、人生の目的も、すべて対照的な二人のナナがぶつかり合いながら寄り添うところが、この映画の見どころである。

なかで、中島美嘉《みか》演じる大崎ナナは、シャープで繊細で、アーティストを気取って突っ張り、犬でいうとやたら吠《ほ》えるボルゾイか。

中島の歌の上手《うま》さはもちろんだが、傲慢《ごうまん》さの裏に孤独の翳《かげ》りを滲《にじ》ませる。とくに肢《あし》の細さは驚きをこえて驚嘆。

ただこういう個性的な役は、方向が決っているだけやり易いかもしれない。

これに比べると、宮崎あおい演じる小松奈々は、おっとりしたお嬢さまで可愛《かわい》い小犬、といった感じ。しかしあまり個性的でないぶんだけ難しい。

この女優さんの映画を見たのは初めてだが、そのあたりが実にうまい。

表面、優しく、なにごとにも素直に反応しながら、その優しさ故《ゆえ》の鈍さまでよく演じている。

いずれにせよ、このまったく相反する二人の、青春の光と影が、わたしのようなものにまでたしかなリアリティをもって迫ってくる。

他に、平岡祐太《ゆうた》、玉山鉄二、松田龍平《りゅうへい》など男性陣も、外見の怖そうなわりに、心が優しくて、いかにも現代的である。

この「NANA」に比べると、すぐあとに見た「四月の雪」はひどかった。

こう書くと、「なんだなんだ、お前は、そんなミーハーな映画ばかり見ているのか」といわれそうだが、そのとおり。

やたら、ガンをぶっ放して人がバタバタ死んでいくアメリカ風活劇や、市井《しせい》に生きる誠実な人々の、しみじみした哀歓を描いたといった、古くさいものは見たくない。

ところで、「四月の雪」だが、こちらは、いかにヨンさまを見せるのが目的とはいえ、映画が軽すぎる。

最初の、奇跡的な男女の出会いは、「冬ソナ」以来、奇跡には慣らされているから驚きはしないが、そのあとの進行があまりにくだらない。

そのいちいちまで書く気はおきないが、万事とろくて情感過多。

ホ・ジノ監督によると、極力、台詞《せりふ》をおさえて、表情だけの演技にしたというが、これでは二人が何を考え、なにをしようとしているのかよくわからない。とくにラスト近くで、記憶が甦《よみがえ》った妻と不倫相手のソン・イェジンと、どっちが好きなのか。「はっきりせい」と怒鳴りたくなる。

これでは、映画というよりヨンさまのプロモーションビデオといったところ。なかで唯一《ゆいいつ》の見どころは、裸のペ・ヨンジュンの腹筋の逞《たくま》しさ。ちらと一瞬だが、ヨンさまファンへのサービスか。

これに比べると、改めて「NANA」のよさがきわだつが。

ところで、この映画を見たとき、わたしのような白髪頭はいなかったけど、観客の最高年齢記録はまだ破られていないかな。

同じ空気を吸えないから

知人のSさんが離婚した。いや、正しくいうと、三行半《みくだりはん》をつきつけられたらしい。年齢は六十二歳、ちょうど大手メーカーで定年を迎えた翌年だから、ショックも大きいようである。

夫が定年に達してからの離婚はさほど珍しいことではない。

こういう場合、ほとんどが妻からの申し出だといわれている。

それまで日中、ほとんど会社に出ていて家のなかにいなかった。それが定年とともに、ぴたりと家にいるようになってしまった。

朝から夜まで、二十四時間、夫が家に居続ける。この状態に、妻はなかなか馴染《なじ》めない。そこで、いらいらが高じてくる。

「そんなに家でごろごろしてないで、たまには外に出かけたら」といわれても、職を失った男には、これといった行き場がない。

それに比べると、子育ても終って自由な時間を楽しんでいた妻は、さまざまな友達がいて、行きたいところも沢山ある。

そこで夫に留守番を任せて出かけると、夫のご機嫌が悪くなる。

妻が出かけるときは必ず、「どこに行って、何時に帰るのだ」ときく。

かつて若かりしころ、出かける夫に、「今日は何時に帰るんですか？」ときいたのと逆パターンである。それに夫が、「そんな遅くはならないよ」と答えたように、妻は「そんなに遅くはなりません」と答える。

だが、その約束の時間より少しでも遅れると夫は厳しく問い詰める。

「こんな時間まで、どこに行っていたんだ」

その叱言《こごと》にうんざりし、やがて鬱陶《うっとう》しくなって、つくづくこの人がいなければ、どれほど自由なことかと考える。そして、今後、この人と一緒にいてもなんのメリットもない。ここから先は給料ももってこないし、自立してない夫は負担がかかるばかりである。

そこで妻がきっぱりと、別れ話をもちだしてくる。

「わたしたち、このあたりで別れましょうよ」

その一言をきっかけにいろいろ揉《も》めたが、結局、二人は別れる破目におちいった。

以上は、単なるわたしの想像である。

もともとSさんは口数が少ない人で離婚の真相までは語らない。というより、あまり語りたくないようだから、こちらもあえてきくことはしなかった。

ただ彼が一言つぶやいた。

「あなたと同じ空気を吸いたくない、といわれてね……」

そのあと、彼はまたぽつりとつぶやいた。

「そんなことをいわれてもねぇ……」

その困りきった表情に、彼の口惜《くや》しさと無念さが表れていた。

Sさんの人柄を考えると、これはいささか厳しすぎる。

彼は、妻との関係はともかく、仕事一筋に、きちんと働き続けてきた。飲み過ぎて失敗した話も浮いた話もとくにきいたことがない。

そんなSさんと別れたいという理由が、これでは一方的で厳しすぎる。

これをきいたときSさんは、「じゃあ、俺に空気を吸うなというのか」とでも、いいたかったに違いない。実際、空気を吸えないと人間は生きていけないから、それで彼はやむなく別れたのかもしれない。

とにかく、この言葉は女性独特の感覚で、女性の生理的嫌悪《けんお》そのものを表している。

一般の男性はこういういいかたはしない。

たとえば嫌いになって別れたいと思う女性に、「君と同じ空気を吸いたくない」とはいえない。それどころか、かなり嫌いな女性とでも空気くらいは一緒に吸える。いや、黙って映画を見たり食事することもできる。

相手の機嫌をとったり、話をしなくてもいいのなら、ある程度の時間は一緒にいても、平気である。

だが女性は潔癖感が強く、嫌いになった男はきっぱりと、救いがないほど突き放す。

Sさんが悄気《しょげ》ていた最大の原因は、この別れる理由があまりに素気なく、かつ生理的で非論理的なところにあったようである。

これがもし、「ケチでお金を渡さない」とか、「他に女がいる」とか、「ぐずぐずして決断力がない」とか、「飲みすぎる」などというのなら、それなりに改めることもできる。

しかし、「同じ空気を吸いたくない」といわれては、改めようがない。

とくにSさんは、なにごとも規則や理屈を優先して、男性社会の論理だけで生きてきた人である。こういう人が、いきなり女性の生理的な感覚で斬《き》り捨てられたのでは、うろたえ、戸惑うのも無理はない。

「それで……」

これからどうするつもりなのか、わたしが尋ねるとSさんは一つうなずいてから、

「そのうち、あいつも淋《さび》しくなって、戻ってくるかもしれないから……」と。

そんなことないよ、Sさん。

女は去っていったら、もう終り。金輪際、戻ってくることなんかありえないから。

そんな女、さっさとあきらめなさいよ、といいたかったけれど。

Sさんの、老いた優しい眼差《まなざ》しを見ると、とてもそんなことはいえなくて。

とにかく、男はいつまで経《た》っても甘ちゃんで未練がましい生きものである。

座席は後ろ向きでもいいですか

新聞を見ていると、ときどき面白い記事が目につく。それも一面などでなく、社会面の片隅にそっとのっている小さな記事。

ここに紹介する記事もそうだが、読んでいるうちに、なにか可笑《おか》しいというか、にやりとして同情したくなったのである。

その記事は十日くらい前に出たものだが、見出しは「座席後ろ向きのままでも、グリーン車の快適さ揺るがず、『不快』男性の損賠請求、東京地裁が棄却」というものである。

これを少しわかり易《やす》く書くと、ある男性が、伊豆急《いずきゅう》下田駅と東京駅間を走る特急のグリーン車に乗った。

ところが、この座席が列車最後尾の展望席で、後方を向いたまま回転しないシートだったために、目まいをおこし帰宅後もこの不快な状態が続いた。

そこでJR東日本に五十万円の損害賠償を求める訴訟を起したが、東京地裁ではその請求を棄却した、というのである。

理由は、鉄道事業者が負担すべき債務は、特別料金を徴収する車両の場合、快適性も含む、としたうえで、回転しない座席は快適性において問題はあるが、シートの大きさや左右の配列はグリーン車としての水準を維持している、というのである。

要するに、後ろ向きのままではあるが、シートの大きさや左右の配列は一般のグリーン車と同じだから、いいだろうというのである。

これ、読者の皆さんはどう思われますか。

「そんな話、どうでもいい」という人もいるかもしれないが、わたしはこういう話、結構好きなのである。

そこで小生の意見、もちろんこの文句をいったおじさんに賛成である。

だって考えてもご覧なさい。せっかく高いお金を出してグリーン車に乗ったのに、初めから終わりまで、ずっと後ろ向きに引っ張られていったら腹が立つのは当然。

誰だって電車に乗ったら、進行方向を向いて座りたい。

後ろ向きに座ったら、目まいを起すかどうかはともかく、気持が落着かず体も休まらない。

でもときどき、前の席を引っくり返して四人で楽しそうに乗っている客がいないでもないが、こういう場合、後ろ向きに座っている人は、ほとんど若い人か地位の低いほうである。

よくゴルフ仲間と思われる男性達が、こういう形で乗っているのを見かけるが、進行方向を向いて座っているのは、必ず社長とか部長とか上の人。そして後ろ向きに座っているのは、平社員らしい人。間違ってもこれが逆になっている例はまずありえない。

多分、平社員は、「あっ、部長、わたしこちらに座ります」と、後ろ向きのほうに自ら志願して座ったに違いない。これを平のくせに進行方向を向いて座っていたら、「なんだ、お前は」といわれてしまう。

しかも向かい合って座るときは大抵、ビールや酒を飲んで、話に花が咲いていると き。こういう場合なら、後ろ向きでもさほど気にならない。

しかし一人で座って、終点まで後ろ向きでは腹が立つのも無理はない。しかもこの人のように三半規管が弱くて、目まいに似た不快感が続いたとあっては、提訴したくなった気持もわからぬわけではない。

ここで改めて座席について考えると、明らかに不平等と思われるものがいくつかある。

たとえば新幹線のグリーン車で、進行方向の一番前の席の通路側。ナンバーでいうと1のBとか1のC。ここは頻繁に乗務員や乗客が行ききするから、その度にドアが開き落着かないことおびただしい。くわえて車窓の風景を見ることもできず、すべてにおいて窓ぎわの席よりワンランク落ちる。

この差額はどれくらいか判定できないが、一割くらい安くてもいいのではないか。

むろん飛行機も同様で、窓側や通路側はともかく、三人がけや五人がけの真中にはさまれた人は息苦しいうえに、出入りの度に「すみません」と謝らなければならない。

しかし、JRも航空会社もその点については知らぬふり。

むろん、空《す》いているときと満席のときとで事情は違うが、満席のときは、なかにはさまれた人にかぎって一割払い戻し、というのはどうだろう。

それにしても、この裁判所の判断、なんとなく釈然としない。

「快適性において問題とすべき余地はあるが……」と、快適でないことは認めているのに、それでいいという。

理由は、シートの大きさと配列が水準を満たしているからというけれど、進行方向を向いているか否《いな》かはそれに近いくらい重要ではないか。

その証拠にＪＲ東日本は、このあと慌《あわ》てて時刻表に最後尾の座席が回転しないことを明示したという。

今後、わたしがこの電車に乗ることがあっても、この座席には座らないが、そういう問題があることを知らしめた点でこの男性の提訴は意義があった。

それにしても五十万円くらい、ＪＲも払ってあげるとよかったのに。

誕生日より関係日

十月二十四日は、わたしの誕生日である。

こんなことをいい出すと、「なんだ、お前は自分の誕生日を吹聴《ふいちょう》して、お祝いでもせしめようとする魂胆か」といわれそうだが、そんなケチな了見でこの原稿を書きはじめたわけではない。

それより、各々《おのおの》の誕生日を新しい視点で考えてみてはどうか、と思ったからである。

以前、遠い遠い昔、わたしがまだ医学部の学生だったころ。産婦人科の臨床実習(ポリクリ)でのことである。ここで診察する教官のうしろについて、診療の実技を勉強するのだが、どこでも学生は患者さんに敬遠される。

これは当然で、患者さんにとっては重大な診察を受けている場に、なにもわからぬ学生が何人もいるのでは見世物にされたような気がして落着かない。とくに産婦人科では嫌われるので、控えめに小さくなっている。

ここであるとき、一人の妊婦がきて医師から出産予定日を告げられた。この予定日は最終月経から計算するもので、一般的には、「最終月経の月に九を足し、日に七を足す」。

たとえば、最後の生理の初日が二月十日だったとすると、出産予定日は二に九を足して十一、さらに十に七を足して十一月十七日、ということになる。

一見簡単だが、月が十二をこしたり、日に七を足して三十や三十一をこえたときには、少し計算が面倒になるので、くるくると巻尺みたいな器具を用いてただちに予定日を出すことができる。

むろん、慣れている医師たちは即座に暗算で計算できるが、実習生はその器具をつかって、予定日を導きだす練習をした。

これらはあくまで生理が順調で、かつ胎児の成長も順調という条件の下での予定日である。

ところで、わたしもこれを使って予定日の算出の練習をしていたのだが、途中で退屈になったので、ふと悪戯心《いたずらごころ》がおきて、わたしの誕生日から計算器を逆にまわしてみた。

するとなんということか。母の最終月経日がでてきて、それに排卵日までの十四を足すと、わたしがこの世に生をうけた、受精卵ができた日が表れてくるではないか。

それがどうした、といわれたら一言もないが、わたしは一瞬、神聖な気持にとらわれた。

逆廻ししてわかったのは、わたしの両親が関係したのは一月三十一日、ということである。多少ずれたとしても、この前後二、三日のあいだに、わたしの受精卵は母の子宮に定着したのである。

もしこのとき、両親が関係しなかったら、わたしという人間はこの世に生まれてくることはなかった。

こう考えると、この一月三十一日はきわめて貴重な日に思われてくる。いや、見方によっては誕生日より重要かもしれない。

それにしても、かなり寒い日に関係したものである。

わたしは北海道生まれだから、寒さのあまり両親が寄り添い、温めあっているうちに、父がもよおして母を求めたのか。

両親のセックスの瞬間を想像するのは、あまり楽しいものではないが、自分という存在が、この世に形を成した日を覚えておくのも悪くはないかもしれない。

そのときの実習の仲間の一人は九月二十四日生まれで、逆算するとなんと一月一日。

「すごおい」としきりに手を叩《たた》いて喜ぶので、「元旦《がんたん》なら、お前の親爺《おやじ》はお屠蘇《とそ》を飲みすぎ、酔った勢いで、お母さんを求めたのでは」ということになり、「もしかすると、酩酊児《めいていじ》じゃないか」と、いいだす者もいた。

ちなみに酩酊児とは、父親が酔ったまま関係して受胎したとき、稀《まれ》に生じる障害児のことだけど。

それはともかく、わたしのまわりには意外に、六、七月生まれが多いか、これは暑い夏が終ったあとの、爽《さわ》やかな九、十月に関係することが多いせいか。

もちろん、四、五月生まれの人は、猛暑の七、八月に頑張ってくださったのだから、さらにご両親に感謝しなければならない。

わたしのような年齢になると、「誕生日なぞきても嬉《うれ》しくない」という人が多い。

しかし、わたしはそうは思わない。

というのも、六十歳の還暦からは毎年、一つずつ年齢を減らし、年々若返ることにしているからである。

要するに、年齢なぞ考えようで、その意味で誕生日は楽しいし、さらに先ほどの両親の関係した日を改めて思い出す日でもある。

いまや、誕生日というと、本人だけ喜んで、プレゼントを貰《もら》ったり、ハッピーバーステーを歌ってもらって、ケーキを食べることしか考えない人も多いが、せめてこの日くらいは自分を産んでくれた両親のことを思い出すようにしたい。

そして、「本当によく、産んでくれました」と、感謝する。

とにかく、両親が愛し合ってくれたおかげで、われわれはこの世に生まれてきたのである。そのとき愛し合わねばこの世に生まれてこられなかった。その意味で受精日は重要である。

みな、生年月日や星座などを気にして、それによる占いを信じる人も多いようだが、それより両親が関係した日で占ったほうが余程正確で当っているかもしれない。

講演会のこと

「昨日、金沢、今日、福井」というと、なにか古い流行歌の歌詞のような気がするかもしれないが。

これは今週、わたしが講演した街の名前で、これだけでなく、この九月、十月、十一月は講演会が多かった。

文化の秋ということもあって、招《よ》んでいただけるのは嬉《うれ》しいが、それにしてもいささか疲れた、というのが本音である。

この講演会の主催者は、各地方自治体から各種企業、新聞・テレビなどのマスコミ関係、さらに各大学から医学会などまでさまざまである。

規模は数百人から千人近いものまでいろいろだが、演題は、「男と女」「男女の機微」「さまざまな才能」「プラチナ世代の生きかた」などから、主催者に選んでもらうことにしている。

このなかで、ある金融関係の会社から表向きは「さまざまな才能」という演題にして、実際は男と女のことを話していただけませんか、といわれたことがある。

それなら初めから、「男と女」としたほうがいいのではないかと思うが、お金を扱う会社だけに、表面は堅い演題にしておかないとまずいらしい。

なんとも古い、こんな体質が日本の企業にまだはびこっているとは情けない。

それはともかく、エージェントや主催者側の出迎えを受けて現地に着く。そこから車などで会場に行き、まず控え室に案内されるが、このとき困るのが、やたら「どうぞ、どうぞ……」と先を譲られることである。

向こうは敬意を表しているつもりかもしれないが、「どうぞ」といわれても、初めてのところだけに、どこをどうすすめばいいのかわからない。

「あなたが先になって、案内してください」といっても、エレベーターが開いたり、廊下の角を曲る度にまた「どうぞ」といわれる。

謙譲の精神もここまでくると行き過ぎで、こちらがかえって不安になってしまう。

いよいよ講演という段になって、一番苦手なのは、聴衆のあいだを延々と歩かされることである。それも司会者の「いよいよ渡辺先生の登場です。盛大な拍手でお迎え下さい」という声とともに、拍手のなかを会場のうしろから壇上まですすむ。

役者じゃあるまいし。それに司会者が拍手で迎えろといわなければ、静まり返っているのではないかと、余計なことまで考えてしまう。

これが嫌で、わたしは必ず演壇に近い袖《そで》の方に待機して、「どうぞ」といわれて登壇することにする。これなら演壇が近いから、なんとかたどりつけるが、壇上にあがってから経歴を読みあげられるのがまた困る。

だいたい、経歴はすでに配られているパンフレットに記されているのだから、改めて演壇に上ったところで読みあげないで欲しい。

このあたりは、あらかじめ打合わせをしてあるのになお間違う人がいる。今年も一度、それがあって、わたしは演壇でひたすら、しおれた花のように項垂《うなだ》れていた。

それでもなかなか終らないので、「もうやめて」と、空咳《からせき》を二度はどしたがやめず、ようやく紹介が終ったころには、こちらがぐったりして、なにから話していいのかわからなくなってしまった。

ところで、講演は必ず立ってやる。「座ってもかまいませんが」ともいわれるが、立ったほうがすっきりして落着く。

さらに壇上に固定されたマイクが苦手で、自分でワイヤレスを右手に持って話す。このほうが左右に体が動いても構わないからだが、一度オンにするのを忘れて慌《あわ》てたことがあった。

話の内容にもよるが、講演していて一番のりがいいのは、やはり中高年の女性である。いわゆるオバサマたちはいつも明るく楽しそうに笑ってくれる。とくに都市部のオバサマたちは自分の感情に正直で、質問なども活発である。さらに若い人も反応がよく話し甲斐《がい》がある。

これに反して、圧倒的にのりが悪いのは、いわゆるオジサマたち。とくに五十代から、六十代、七十代と、年齢《とし》をとるにつれて表情が硬くて笑わない。なかには、「わしは決して笑わんぞ」と我慢くらべをしているような人もいて、こういう人がこらえきれずに、くすりと笑ったときほど嬉しいことはない。

ところで講演の最中、わたしがやりたいと思いながらいまだにやれずにいることが一つある。

それは壇上のテーブルにおいてある水差し。あれからコップに水を注いで、ゆっくり飲んでみたい。

一時間以上も話していると喉《のど》が渇いて飲みたくなるが、いまだにそれができない。いや一度だけ試みたことがあるが、突然、話を中断し、水差しを持ってグラスに注ぎかけた。瞬間、会場が水を打ったように静まりかえり、みなが固唾《かたず》をのんでこちらを見守っている。

そう思った瞬間、手元が狂ってこぼしそうな不安にかられて止《や》めてしまった。

そのまま今年も壇上で水を飲む冒険はできずに終わりそうである。

でも、来年こそは見事飲んでみせる。それができてこそ一人前の講演者、といえるのかもしれない。

薬物フェチの末路

高一女子生徒による母親殺人未遂事件。これほど恐ろしくて不気味な出来事は珍しい。

こんなことをやらかした女子高生の心の背景は。そしてなぜ、こんなことをやるにいたったのか。

ものを書くものの一人としても、興味のある事件である。

この事件でまず問題になるのは、酢酸タリウムやアンチモン硫酸など、危険な薬物が、いとも簡単に女子高生の手に入ったことである。

この種の薬物は、用紙に実名と住所を記入して注文するが、十八歳未満の購入は禁じられている。

だが薬局は年齢の確認もせず問屋から取り寄せ、簡単に女子高生に売っている。

この杜撰《ずさん》さがまず問題だが、たとえ年齢制限をしても、十八歳をこえたら堂々と購入することができるのだから、あまり意味はないかもしれない。

かつてはトリカブトなどをつかった殺人事件があったが、いまの高校生は進歩(?)して、危険な薬物を簡単に取り寄せてつかうようになってしまった。

こんなことがゲームのように流行《はや》りだしたら怖い。そうならないように厚労省はこの種の薬物の売買について、厳重な取締り法を検討すべきである。

そしていま一つ驚くことは、その薬をつかわれて弱っていくお母さんの様子を細かくブログで発表し、さらにその表情や体まで何回かにわたって撮影していたことである。

それにしても、この女子高生は、どうしてこんなことに熱中しはじめたのか。

ここで忘れてならないのは、薬への好奇心である。

薬というもの、これをつかいだすと、その魔力に引き寄せられて、ここから抜け出せなくなることがある。

かつて医師だった頃、わたしもさまざまな薬を患者さんに処方したが、それが予測どおりに効くと、この選択で間違っていなかったと自分なりに満足する。

逆に効かなかったときは、別の薬を配したり投与方法を変えてみたりして、その結果、効きだすと納得できる。

もっとも、わたしは外科系だったので、あまり薬に頼ることはなかったが、それでも医師は大なり小なり薬の操《あやつ》り屋で、ときに薬を過信し、それに頼りすぎることもある。

わたしが昨年上梓《じょうし》した『幻覚』は、そういう薬の魔力に惹《ひ》きつけられ、それで患者をコントロールして事件を起した精神科医の物語である。

もっとも、このような例は特殊で、一般の医師は、いうまでもなく患者を治すために薬をつかう治療のための処方である。

だがこの女子高生がつかったのは、人を苦しめてあやめる、悪くするための処方である。

むろん、快《よ》くするより悪くするほうが簡単である。

ところが、この人をあやめることほど、魅力的なものはない。

わたしの別の小説、『プレパラートの翳《かげ》』では、ある研究所の医師が、プレパラートの上に広がる強力な病原菌を見るうちに、その怖さからは想像もつかぬ菌の美しさにとり憑《つ》かれて、これをばら撒《ま》きたい衝動にかられる。

さらに『失楽園』では、愛し合った二人が同時に死ぬために赤ワインに青酸カリを入れる。

このシーンを書くため、ある医学研究所で青酸カリを見せてもらったが、純白の砂糖といわれても誰も疑わない粉末である。しかしこれを耳搔《みみか》きに一つ盛っただけで数人の人が瞬時に死ぬ。そういわれて見詰めるうちに、なにか舐《な》めてみたい衝動にかられたが、タリウムも同様の白い粉である。

要するに、怖い薬や菌ほど不気味で魅惑的なものはない。

ここからはわたしの推測だが、この女子高生も薬の魔力に惹きつけられた、「薬物フェチ」だったと思われる。

彼女は中学生のころから化学が好きで熱中しているうちに、薬物の凄《すご》さに気付き、たちまちのめりこんでいった。

この薬物フェチの楽しみは、それによって自分はもとより、まわりにいる小動物から家族、友人まで、薬でさまざまな状態におちいらせられることである。

この人をこんなふうにしてみたいと思ったら、すぐそのようにできる。

それも、彼女のもっとも身近にいて、抵抗できないほど大きい存在であったお母さんでも、簡単に変えることができる。彼女はこの魔法の魅力にとり憑かれたのである。

とにかく、彼女は相手を自由自在に変えられることが面白かった。

だから、彼女はとくに母親を憎んでいたわけでもネコや小動物を恨んでいたわけでもない。

それよりただ薬の魔力を見たかった。だからこそ、初めの頃は自分も薬物を服《の》んで一時的に体調不良を体験している。

要するに、彼女は母親より誰よりも薬物が好きだった。薬物だけが自分を表現できる、唯一《ゆいいつ》の手段であったのである。

それだけに、ブログに薬の効果を堂々と発表し、とくべつ大きな罪を犯したという意識もなかった。

そんな彼女を、学校の先生も仲間も、化学の秀才だと思いこんでいた。

もし今回のことが露見せず、そのまま秀才としてすすんだとしたら。

オタク秀才ほど、馬鹿《ばか》で怖いものはない。

ゴルフと小説

秋の長雨も終って、いまやゴルフシーズン。

ところがゴルフをほとんどやっていない。というより、あまりやりたいと思わない、というのが本音である。

「なぜ？」ときかれて曖昧《あいまい》な返事をしていると、「忙しいんでしょうね」といわれる。

「ええ、まあ……」

一応はそういうことにしているが、本当は違う。

「下手になったから」

それが正直な答えだが、そういいたくないので、曖昧ないいかたでごまかしているのである。

ゴルフが下手になった、というより、スコアが悪くなったといいたいのだが、その最大の理由は飛距離が落ちたから。

かつて最盛期は二三〇〜二四〇ヤードは軽く飛んでいたのに、いまでは二〇〇ヤードもゆかず、一八〇ヤードくらいのところにぽとんと落ちている。むろんウッドの距離も落ちているから、攻めかたがまったく違ってくる。四〇〇ヤード近いミドルホールはもちろん、三五〇〜三六〇ヤードのミドルでさえ、三打で狙《ねら》わなければならなくなる。

これではほとんどがロングホールと同じで、さらに寄せをミスったりすると、九〇をこえてかぎりなく一〇〇に近くなる。いや、ときには一〇〇をこえることもある。かつて、ハンディ十四までいったことを思い出すと、腹立たしくて面白くない。かくして、徐々にゴルフから遠ざかることになる。

これは、わたしの畏友《いゆう》、大王製紙オーナーの井川氏も同様で、最近はまったくといっていいほどゴルフはやっていないという。

彼の場合は正真正銘のシングルだったから、わたし以上にやりたくない気持はよくわかる。

してみると、わたしは十四くらいでよかったのかもしれない。

ローハンディの人は、さらにさらにストレスが大きいに違いない。

こうみてくると、下手な人は年齢《とし》をとっても下手になる程度が軽いから不満は少ないかもしれない。

それにしても、やはり頭にくるのはドライバーの飛距離である。これが落ちるのが一番こたえる。

そこで思い出すのが、写真家の故・秋山庄太郎さんである。この方はわたしの最盛期に、ちょうど飛距離が落ちて口惜《くや》しい思いをしていたらしく、わたしのドライバーの着地点を見ると、「僕も昔はね、ここまで飛んだよ」と必ずわたしの位置の二〇〜三〇ヤード先の地点を示された。

「すごいですね」と、一応、感心してみせるが、「昔、飛んだって、いま飛ばなきゃ意味がないだろう」と思っていた。

それと同じことが自分の身の上におきているから、わたしはあえて言い訳はせず黙々とやることにする。

実際、秋山さんも次第になにもいわなくなり、ゴルフより、ひたすらゴルフ場に咲く草花を撮っていた。要するに、ゴルフに対する通俗的な欲を捨てたのだが、といって、みな、そう簡単に捨てられるものではない。

やはり、もうお亡《な》くなりになったが三井物産の会長だった八尋《やひろ》さん。

この方は、なぜかわたしを気に入ってくれて、銀座や赤坂のクラブで何度もご一緒したが、ゴルフは一度もしなかった。

「俺はね、自分より上手《うま》い人とやっても楽しくないから、君とはやらないよ」といわれて、いつも自分より下手な人とばかりやっていた。

だが、もともと下手なうえにさらに下手になられて、「もう、俺とやれるのは、あいつらしかいなくなった」と、副社長以下を見ながら嘆いておられたけど。

この八尋さん、『失楽園』が出たころはまだお元気だったが、一度、赤坂のバーでいわれたことがある。

「いいなぁ、あんたは、日記帖《ちょう》を書いてりゃ、そのままお金になるんだから」

もちろん冗談だろうが、少し当っているところもあるので反論したが、にやにや笑うだけだった。

それで思い出したが、『失楽園』を書いていたころもゴルフをほとんどやらなかった。

なぜ、というわけでもないが、あえていうと、『失楽園』のような濃密なものを書くことと、晴れた空の下、白球を追う爽《さわ》やかさとが、似合わなかったからである。

そしていま、『愛の流刑地《るけいち》』を書いていて、やはりゴルフをする気になれない。

心は「愛ルケ」の主人公になったつもりでいるのに、ゴルフのような健康的なことをやっていては小説がゆるんでしまう。

だから先日、わたしの担当編集者の会（藪《やぶ》の会）のコンペに当って、本人の近況の欄に次のように書いておいた。

「菊治があんな哀《かな》しいめにあっているのに、ゴルフなぞやっていられません」と。

考えてみると、これがゴルフ不調の最大の原因かもしれない。

ということは連載が終ったら復調するのか。いや、もはや復調することはなさそうだから、だとするとこのまま書き続けるよりないのか。

ともかく、いまは不調の理由があるのでスコアが悪くてもいささか安心である。

おしゃれな靴

以前から、足先のすらりと伸びた靴をはいてみたかった。

むろん靴屋にいって、その種の靴を何度も手にしてはいてはみたが、どれもうまくいかない。

それというのも、わたしの足は幅広で甲高で3E、4Eといったワイドなものしか入らない。

細くて華奢《きゃしゃ》な靴を見ると、こんなのをはいて颯爽《さっそう》と歩いたらなんと格好がいいだろう。

こういう靴なら肢《あし》を組んで靴先を見せてもさまになる、といろいろ夢見ていたが所《しょ》詮《せん》無理。

そんな靴をはくためには、両足とも小指一本分ずつ切り取らなければ難しいと足を見ながら考えていた。

ここまで足についていろいろ書いてきたが、これ、はっきりいって扁平足《へんぺいそく》なのである。

足の裏の中央をもち上げている弓形の張りがなくて、いわゆるべた足になっている。この扁平足の原因は、先天性と後天性とがあり、後天性は長いあいだ下駄《げた》をはき続けたり、平たい板の上に立つなどの仕事を続けてきた人に多い。

わたしの場合は高校生の頃、バンカラ（蛮風）ぶって、片道三キロの道をよく下駄をはいて通った。これが一つの理由だが、いま一つ先天性も否定できない。

それというのも子供の頃、風呂《ふろ》上りに足元をよく拭《ふ》かずに出ていくと、そのべた足の跡が板の間にそのまま残って、わたしだとわかって叱《しか》られたからである。

おかげでこれまで、泣く泣く幅広の靴をはくよりなかった。

よく、扁平足は足が弱くて駆けっこが苦手というが、そんなことはない。事実、わたしは人一倍歩くのが早いし、子供の頃は駆けっこも早かった。

ただ、いささかみっともない。

最近はやりの足裏マッサージに行くと、「立派な足ですね」といわれる。

これ、お世辞のようだけど、幅が広いですね、といっているのと同じである。

そこで、「他人《ひと》より少し進化しているので」と答えることにする。

「えっ?」と、ほとんどの人がきき返すが、フラットな足は土踏まずが広い足より進化した形なのである。

それは猿を思い出すとすぐわかるが、彼等は樹《き》を渡り歩くために土踏まずが異様に広くて深く、その分だけ枝を摑《つか》み易《やす》くなっている。いわゆる猿足である。

だが猿が進化して樹上生活を終え、地上生活をはじめるにつれて土踏まずがいらなくなってきた。

とくに靴まではくようになったら、もはや土踏まずは無用である。

べた足は、この人類の進化の結果生じた人間的な足なのである。

わたしはこう信じているのだが、まだ素直に納得しない人も多いようである。

ところで先日の小生の誕生日に、編集者の諸氏がわたしになにかプレゼントします、と申し出てくれた。

自分たちが勝手に贈るのでは不要なものもあるだろうから、欲しいものをはっきりいってくれ、というのである。

そこで思いきって、先の細くて格好のいい靴が欲しいと返事をした。

扁平足は進化の証《あか》しで、それにとくに不満はないが、やはり先の尖《とが》った華奢な靴をはいてみたい。

でも多分、無理だろうと半ばあきらめていたら、「いろいろあるから、一度、一緒に店に行って選んでください」とのこと。

なになに、そんなにあるわけがないだろう、と思いながら、行ったところがグッチの靴のコーナー。

そこで見るとあるある。さまざまな細長い靴がずらりと並んでいるではないか。

その何種類かを床においてはいてみると、これがみなするりと入る。しかも見たところ幅が広くもないし、左右からしめつけられた感じもない。

「すごく、格好いいですよ」といわれてたちまち気に入ったが、それにしてもなぜこうもあっさり入るのか。

一瞬、不思議に思ったが、理由は簡単。靴の全長が長いのである。だから肝腎《かんじん》の幅が広くても、全体としてはスマートに見えるというわけ。

なあんだ単純な理屈、と思ったが、こんなこと、なぜいままで気がつかなかったのか。

というより、これまでは足にぴったり合う靴ばかり探していたのが誤りのもと。足に合わせることなぞ考えず、まず足が入る、格好のいい靴を探せばいいだけのこと。

「これ」と決めた靴はぴたりと足が入って、しかも先が細い。

むろん、靴の先の部分まで指が届かず、先は空いたままだが、「そのほうがお洒落《しゃれ》でいいのだ」とのこと。

要するに、体にフィットするより、見かけが大事というわけ。

かくして、このところ講演会はすべて、このグッチの先の長い靴ばかりはいてでかけるが、この靴をはくとき、一点だけ気をつけなければならないことがある。

それは、先が長くなった分だけ足先を高く上げること。

それというのも、ある会場で演壇に向かうとき、いつもの足の上げかたで思わずつまずきそうになったので。

それ以来、北朝鮮の軍隊ほどではないが、なるたけ足を高く上げるように気をつけている。それが面倒といえば面倒だが、最近はその格好のいい靴にもようやく馴《な》れてきた。

歴史認識とは

一枚の写真を見ても、人によってさまざまな受けとりかたがある。たとえば敗戦直後の廃墟《はいきょ》と化した東京の街。これを見て、当時の生活の苦しさと惨《みじ》めさを思い出す人と、ただ焼野が原としか思わぬ人、さらには、なんの写真かよくわからぬ人。

このように人によってさまざまだが、これこそまさしく歴史認識、そのものかもしれない。

突然、そんなことを思い出したのは、先日、あるスポーツ新聞にのった一枚の写真を見て、少なからぬ違和感を覚えたからである。

写真は芸能面の上下四段をぶち抜いた横長のもので、その真中に、軍服を着て軍帽をかぶり、軍靴《ぐんか》をはいて長い口髭《くちひげ》を生やした男が、両手を挙げて笑顔で踊っている。一目で旧日本軍の将校のいでたちで、わずかに軍刀を下げていないところだけが違う。

写真にはさらにもう二名の日本軍人の横向きの姿も写っていて、若い男女と一緒に阿波《あわ》おどりを踊っているシーンらしい。

事実、写真の説明には、「オーレの次はえらやっちゃ」という台詞《せりふ》とともに、「マツケン、阿波おどりで、世界へ」「W杯も盛り上げる?!　主演映画、独でも公開」と記されている。

以上でおわかりの方も多いと思うが、「バルトの楽園《がくえん》」という映画が製作中らしい。

この映画は第一次世界大戦中、徳島の捕虜収容所所長だった松江豊寿《とよひさ》という軍人が、ドイツ人捕虜をハーグ条約にのっとって厚遇した。また彼等は地域住民とも交流を深め、捕虜たちだけで、ベートーベンの「第九」が演奏された、という史実に基づくドラマである。

その製作発表が都内のホテルでおこなわれ、これを盛り上げるために関係者が阿波おどりを披露した、というわけ。

以上の記事と写真を見るかぎりでは特別なんの問題もない。明るく楽しげな写真だと思う人は多いだろう。

だが正直いって、わたしの受けた第一印象はそれとはいささか異なる。

紙面の写真の中央に、でかでかと旧帝国陸軍の将校が両手を挙げてにたりと笑っている。その顔の中央にある大将髭と好色そうな顔を見た途端、わたしの脳裏にかつての軍人の、威張りくさった尊大さが甦《よみがえ》ってきた。

むろん戦争中のことで、まだ小学校の低学年だったわたしは、直接、将校と触れ合うことはなかったが、遠くから見ているだけで偉そうで恐《こわ》かった。なにかしでかすと、たちまち「こらっ」と一喝され、懲《こ》らしめられるような不安を感じていた。

そんな将校が踊っている姿は、そのまま酒に酔って女たちを追いかけている、かつての傲慢《ごうまん》な将校の姿を思いおこさせた。

むろん、それは松平健氏とはなんの関係もない。彼はただ映画の宣伝のために、そんな格好をして踊ってみせただけなのだろう。

だが、わたしには、いやあな写真だった。ドラマの内容とは別に、子供心にも思い出したくない、軍人が威張っていた暗い時代を連想させるものだった。

この、いやあな感じは、かつてのナチの制服を着た将校を見るときも同じかもしれない。

当時、ドイツ軍に制圧されていたヨーロッパ各地の人々の多くは、いまだにナチ親衛隊の制服を見ただけで暗い想《おも》い出にかりたてられ、拒絶反応を示すだろう。

とくにユダヤ人たちは、その制服を見ただけで怖くて身震いするに違いない。

とにかく、権力をもった集団の制服のイメージほど不安で無気味なものはない。

もちろん、こうした写真になんの違和感を感じない人たちもいる。この写真に写っている若い人たちや、日本の陸軍将校の軍服を着た軍人を見たことがない人のなかには、それを格好いいと思い、そんな制服に憧《あこが》れる人もいるかもしれない。

だが、そういう人たちとは別に、絶対に見たくないという人もいる。

たまたまわたしが知っている在日韓国人は、この写真を見て、「身の毛がよだつ」といっていた。

彼らにとって、日本軍人は権力の象徴であり、なにをされるかわからない恐ろしい存在で、決して近寄ってはいけない相手だった。日本の軍人と行き交うときは、ひたすら頭を下げ、関心をもたれないように、こそこそと逃げるように通り過ぎたという。

たった一枚の写真、帝国陸軍将校の踊る姿を見て、格好いいと思う人から、いやだなあと思う人、さらには見たくもないと顔をそむける人まで、その反応はさまざまである。

こういう正直な実感こそが歴史認識というもので、各々《おのおの》の経てきた人生によって一枚の写真への印象もまったく違ってくる。

ここには、もはや理論や理屈は無力である。それより、人それぞれが体験してきた実感が、判断の基準となる。

そしてアジアには、いまだに日本帝国陸軍の将校の写真を見て、暗くて不快な気持にとらわれる人が無数にいるに違いない。

それを思えば、子供っぽい我を通して靖国《やすくに》神社に参拝してみせる、小泉総理の行為がアジアの人々をいかに不快に、暗い気持にさせているかがわかるはずである。

一国の総理ともなればもっと視野を広げ、大人になって国益とはなにかを考えるべきである。

暮れの挨拶状《あいさつじょう》

間もなく二〇〇五年も終り。そこで気になるのが年賀状だが、その準備がまったくできていない。

というのも、年賀状にのせる俳句がまだできていないからである。

この俳句、毎年、苦吟するのだが、これまで十年近く続けてきたのでやめるわけにいかない。

ちなみに、今年の正月の俳句は次のようなものだった。

「恋やつれ仕事やつれで俺《おら》が春」

そしてさらに一年前の句は、

「あやまちをまたくり返す初詣《はつもうで》」

自分でつくっておいていうのもおかしいが、新春を寿《ことほ》ぐとともに近況を報告し、さらに軽いユーモアもまじえたい。

といっても、これらの句にそのすべてが表れているわけではない。もともと句才もないのに、欲張るから面倒なことになる。

そこで今年は、と思案中なのだが一向にいいのが浮かんでこない。苦しまぎれに、いま考えているのは次の一句である。

「初夢や冬香よみがえり菊治泣く」

これ、いうまでもなく日経新聞に連載中の『愛の流刑地《るけいち》』の主人公を詠《よ》んだものである。こんな状態になるといいけど、これでは小説に寄りすぎて、わたし自身の近況にならないところがバツである。


年賀状はいうまでもなく正月にくるものだが、年の暮れの十二月にもかなりくる。といっても、こちらは喪中の挨拶状だけど。

一般的には、まず「喪中につき年末年始の御挨拶を御遠慮申しあげます」と記され、次に「家族のうちの誰々が、いつ、何歳で永眠いたしました」と報告したあと、「これまでの御厚情を感謝申しあげますとともに、明年も変らぬ御交誼《こうぎ》のほど、お願い申しあげます」と記されている。

これだけ見ると、一応わかるのだが、細かくいうと、「御挨拶を御遠慮申しあげます」というところが少しわかりにくい。これは言葉どおりにいうと、出した人が挨拶を遠慮したい、といっているのだとわかるが、受け取ったほうの人はどうすればいいのか。

一般には、喪中だといってきているのだから、こちらからも年賀状を出さないのが礼儀のように思うが、読み方によっては、当人は出さないが、受取るのはやぶさかではないというようにもとれる。

要するに、「御遠慮申しあげます」が、どこまでの範囲なのか、いまひとつはっきりしない。

さらに細かくいえば、年末年始の御挨拶を遠慮するといっても、すでに年末の挨拶はきちんと来ているのだから、「年始の御挨拶」だけでいいのでは、とも思う。

いろいろややこしいことをいうときりがないが、これもかなり儀礼的になりすぎて、みな、それに合わせていれば無難、と思っているふしもある。

この喪中の挨拶状が、今年はすでに三十通をこしていて、例年、暮れまでに五十通近くになる。これは年々、交際の範囲が広がるからだが、同時に、年齢《とし》をとるにつれて亡《な》くなる人が増えるからでもある。

むろん挨拶状がくるから、当人は元気なのだが、まわりの人が亡くなっていく。なかには、際《つ》き合っていた当人が亡くなって、その奥様やご子息から送られてくることもある。

いずれにせよ、喪中の報《し》らせは淋《さび》しいものである。

しかしときに、それほど哀《かな》しまなくてもいいのでは、と思う挨拶状もある。たとえば、

「祖母、○○○○、九月十日、百歳にて永眠いたしました」

こういうのは、亡くなった人の大往生を思わせてどこか明るい。

それだけに、堂々と正月の年賀状に、そのことを報らせるだけでもいいと思うが、いや、報らされなくてもいいけれど。

もっとも、同じ百歳でも「夫、○○、五月三日、百歳にて永眠いたしました」というのは哀しい。奥様はお一人になられて、さぞ淋しいことだろうと案じてしまう。

また「息子○○は今年四月八日、桜の盛りの日に散り急ぐように、逝《い》ってしまいました。二十三歳でした」というのも辛《つら》い。

これらは特別だが、正直いって、際き合っている当人以外の死は、挨拶状を見て、「そうか」と思うだけで、それ以上の感慨はあまりおきない。

とくに、義父とか義母、さらには従兄弟《いとこ》の死まで報らせてくれる人もいるが、そこ

までしなくても、と思うこともある。

ついでにいうと、喪中の挨拶状は、それを受けた直後の年賀状だけは控えて、次の年から再び復活させねばならないので、これが面倒といえば面倒である。

だからというわけでもないが、儀礼的な喪中の挨拶状は、そろそろやめにしてもいいのではないか。いいかたが悪いかもしれないが、なにやら喪を相手に強要する感じがしないでもないし、どうしても報らせたいなら年賀状に書いてもいい。

そうなると、暮れの黒枠のハガキもずいぶん減るかと思うが、ただ一つ、次のようなものは年末のうちに出す必要がある。

「このたび、南極観測隊に参加して南極へ出発、帰国は三月末になりますので、ひと月早い年賀状でご挨拶申しあげます」

たしかに、南極からではどう頑張っても正月には間に合いそうもない。

熟年離婚

このところ、熟年離婚が話題になっている。同名のドラマも高視聴率を保って、つい少し前に終った。

もっともこのドラマ、松坂慶子さん扮《ふん》する妻が、あの年齢で素晴らしい就職先を見付けたり、渡哲也《わたりてつや》さん扮する夫も南米に新しい橋を建設に行くなど、話がうますぎるけど。

実際の熟年離婚はもっと生々しくて、しんどいことだろう。

この熟年離婚の原因として、もっとも問題になるのは生活のリズムの変化である。

多くのサラリーマン家庭では、夫は朝早くから会社に出かけて帰りは遅く、家に戻って眠るだけ。

「亭主元気で留守がいい」で、長年、妻はその状態に慣らされてきた。

ところが夫の定年を境にして、この生活のリズムが一変する。

いままで、いないも同然だった夫がどこにも出かけず、朝から晩まで家にはりついて動かない。そのうえ朝、昼、晩、「めし」といって、口を空けて待っている。

それでも夫婦のあいだに愛情があり、妻が夫を愛しているなら、なんとか保《も》つ。でもそういうケースは意外に少なく、ほとんどは妻のほうがうんざりして、「別れたい」と思うようになる。

この最大の理由は一緒にいすぎるからである。

だいたい、男と女はともにいすぎるとトラブルが生じてくる。どんなに好き同士でも、朝から晩までくっついていると一週間で息苦しくなってくる。ましてや熟年で、お互い飽きているカップルでは、別れたくなるのは当然。

近づきすぎるのは別れのもと、である。

この熟年離婚（別居）の理由として、いまひとつ考えられるのが、夫と妻との体力の違いである。

もともと、女性は男性よりはるかに強い生きものである。

一般に、男のほうが強いと思っている人が多いが、それは若い男の暴力や喧嘩《けんか》の荒っぽさが頭にあるからである。

たしかに男は、殴り合いや、一気に重い物を持ち上げたり、百メートルをダッシュしたり、といった瞬発力では女性に勝《まさ》っている。しかしゆっくりと持続する能力。たとえば、一つのことを延々とし続ける我慢強さ、待つ能力、さらには持続する生命力みたいな点では、女性のほうがはるかに強い。

その証拠に、現在、女性の平均寿命は男のそれより、七歳長くなっている。さらに、結婚年齢が、男のほうが平均三、四歳上になっているので、七歳にこれをくわえると、ほぼ十年近く長生きすることになる。

この差を定年時で比べると、夫は六十歳でも妻は五十歳、夫が八十歳に達したとき妻は七十歳相当の体力差があることになる。

この十年の差は大きい。

くわえて、女性は性格も強いときているから、年とともに女性が強くなり、男が弱くなるのは必然の成り行きなのである。

この体力差がもっとも顕著に表れるのが旅行に出かけたとき、とくに長旅のときである。

たとえば熟年夫婦同士でパリに行ったとして、奥さまのほうは嬉《うれ》しくて、じっとしていられない。一日目は市内観光して二日目、奥さまのほうはベルサイユ宮殿へ行きたいといいだしても、ご主人のほうはこの近くの街を歩くだけでいいという。さらに夕食は、思いきって三ツ星のレストランへ行ってみましょうというと、夫はラーメン屋でいいなどといいだす。

好奇心や行動力は体力と密接に関係するが、体力のない夫は万事において消極的。また、どこへ行くにも自分から地図を広げたり切符を買ったりせず、すべて妻まかせ。

かくして一週間か十日間、一緒に旅行しただけで、妻のほうはほとほと呆《あき》れて、「手間ばかりかかって、面白くもおかしくもない」と夫に嫌気がさす。

そして日本へ戻る機内で、「この人と別れよう」と決心する。これが最近の「成田離婚」の実態である。

それにしても「弱き者、汝《なんじ》の名は定年後の夫」である。

以前、女性だけのある会にパネリストとして招かれたとき、密《ひそ》かにきいた妻たちの本音。

定年後の夫は、俗に粗大ゴミといわれているが、あれは単なるゴミではない。まだ生きているのだから「粗大生ゴミ」であると。

そして、実質的には用が終った廃棄物だが、かつては働いてお金を運んできたこともあるので、「産業廃棄物」だって。
夫たちよ、立上ろう！

国辱的映画

いやあ、ひどいものを見ました。

といっても、なにか交通事故の現場とか事件、といったものではない。

映画である。普通の劇場に上映されている映画。

題名は「SAYURI」。

これまでさまざまな映画を見てきたが、これほどひどい映画を見たのは初めてである。

この映画、アーサー・ゴールデンの『Memoirs of a Geisha』をもとにしている。

そして、この映画化権を獲得したとき、製作者のスピルバーグは次のようにいったという。

「この作品は世界中の人々を魅了するだろう。なぜなら『SAYURI』は日本を描いているという点で、文化的に意味深いだけでなく、あらゆる人々に訴えかけるものがあるからだ」と。

　馬鹿《ばか》をいうのもほどほどにしろ。

　はっきりいって、これが日本と思われては大迷惑だし、日本の文化のなにも描いてはいない。あらゆる人々に訴えかけるものがあるどころか、あらゆる人々、とくに日本人をひたすら不快にし、嫌悪感《けんおかん》を抱かせるだけである。

　こんな映画を、世界中の人々を魅了するなどと吹聴《ふいちょう》する、スピルバーグの頭はどうなっているのか。

　だいたいこの映画、原作、脚本、監督、撮影、衣装まで、すべてがアメリカ人であるのにくわえて、主演のさゆりを演じるのが中国人のチャン・ツィイー、花街一の売れっ子芸者がこれまた中国人のコン・リー。彼女のライバル芸者がマレーシア生まれのミシェル・ヨー。

　これで日本の伝統的な花街、なかでももっとも伝統と格式がある祇園《ぎおん》を舞台に、物語をくり広げるというのだから馬鹿げた話。

　日本文化をことさらに特殊化する気はないけれど、こんな、もの知らずの外国人だけで日本の伝統美の世界を表現できるわけがない。

　この映画の基本となるストーリーが、また陳腐きわまりない。

昭和の初め、貧しい漁師町に生まれた千代という少女が、九歳のとき姉の佐津とともに貧しい両親から無理やり引き離されて、花街の置屋に売られてしまう。悲劇の発端はここから始まるというわけだけど、馬鹿いっちゃいけない。

祇園の芸者は、本来、祇園街のお茶屋や置屋の娘しかなれないしきたりであった。その意味でエリートで、いまのようにどこの出身でも、器量さえよければ採用する、といった時代とは違う。

しかも、海辺の貧しい田舎町から売られてきたなど、明治か大正の、どこぞの色街と勘違いしてるんじゃないのかね。

この原作者のアーサー・ゴールデン、日本の余程、場末の街で芸者とちょっと遊んだからといって、祇園で遊んだと錯覚されては困る。

だいたいこのセット、初めからべたべたして狭くて薄汚くて、まさに中華街の路地裏そっくり。だからチャン・ツィイーが主役というならわかるけど。

祇園を舞台にしたかったら、もう少しきちんとお金をつかって、祇園の街並みからしきたりまで勉強してからつくりなさい。

くわえて着物から髪型、踊りの一つ一つまで、すべてインチキだらけ。

だいたい祇園の井上流はお座敷舞いで、あんなにちゃかちゃか脚をあげたり手を振って、盆踊りのように踊ることなぞ絶対ありえない。

だからこそ、井上流は踊りといわず舞いというのである。

さらに、お茶屋も置屋もごみごみして汚なすぎる。祇園街にこんな汚いところは一軒もない。

そしてお姉さん芸者から女将《おかみ》まで、みな下品であばずれで卑《いや》しすぎる。さゆりの純真無垢《むく》なところを強調したかったのかもしれないが、こう図式的すぎては底の浅さが目立つだけ。

改めて記すが、ここに描かれているのは祇園ではない。たしかに、つなぎ団子は祇園甲部の象徴だが、その団子の数を正規の八個からいくらか減らしたところで、いい逃れはできない。

実際、世界的にも有名な祇園を舞台と思わせて、客を呼ぼうという魂胆がみえみえなのだから、その狡猾《こうかつ》さは、いま問題の偽装マンションと変らない。

それにしても、これだけ日本人と日本文化を馬鹿にした映画も珍しい。

もともとハリウッドでつくる日本ものには、その傾向があったが、「ラスト・サムライ」でうっかり安心していた。その隙《すき》をこの映画は見事についたようである。

とにかくここには、日本の文化や伝統、風俗に対して、愛情も、尊敬の念のかけらもない。

まさしくアメリカ人好みの、やたら派手で騒々しくて残忍で、ストーリーだけ追いかける、幼稚な単純さがよく表れている。

さすがにわたしが観《み》たときは、字幕が英語のせいか外人が多く、日本人はわずかで、その人たちもいささか憮然《ぶぜん》たる表情。

製作者側は、「ハリウッドが全世界に贈る、絢爛《けんらん》華麗なファンタジーとして見て欲しい」といっているけど、想像力を喚起するファンタジーも芸術的感興もゼロ。

ひたすら日本の芸者を低俗に、面白おかしく描いただけ。

まさに国辱的映画だが、こんな映画にとびついて出演し、大物になったつもりでいる日本人役者の軽率さも、国辱ものである。

少女の潔癖さ

広島、栃木、そして宇治と、幼い少女の痛ましい事件が相次ぐ。

こうした事件がおきる背景については、いろいろな人が論じて、その対策が考えられているようだが、根本的な理由の究明という点ではなおもの足りない気がする。

なぜこうした幼女への異様な事件がおきるのか。その最大の理由として考えられるのは、男という性に秘められている凶暴なまでの性的欲望である。

テレビなどでは、そのどぎつさのせいか、こういう問題に直接、踏みこんで話されることはないが、男はきわめて性的な生きもので、その欲望の達成のためにはときに手段を選ばず暴走する。

たとえ母親が、「家の息子は、なんて可愛《かわい》くて、優しいんでしょう」と思っていても、その優しさの裏に、狂おしいほどの性的欲望を秘めていることを忘れるべきでない。

この欲望がまず初めに表れて暴れだすのが、中学から高校生の時代である。この頃は、真面目《まじめ》に机に向かって勉強しているように見えて、その実、女の子の裸や淫《みだ》らなことばかり考え、親に隠れて密《ひそ》かにエロ本やアダルトビデオを見ている。辞書を引いて、「膣《ちつ》」とか「子宮」という字を見ただけで、むらむらしてオナニーをするのだから、ゆっくり勉強なぞできるわけがない。

一流大学や会社への入学試験、採用試験で、女性のほうが圧倒的に成績がいいのは、こうしたハンディキャップが女性にはないからである。

それでは、この狂おしい欲望を現実にどう処理するのか。

そのもっとも直接的な方法は自慰である。ある意味で、これがもっとも適切で簡単だが、そればかりしていては頭がぼうっとして、心身ともに落ち込むだけである。

それよりこの欲望を前向きに解消するのは、まず運動である。たとえば野球部にでも入り、夜遅くまで練習を強制されたら、さすがの欲望もかなり鎮《しず》められる。

だいたい性的欲望がもっとも高まる十代の後半に、静かに机に向かって勉強しろということ自体、間違っているのである。

その意味で、江戸時代、武士の子は剣術や武道の指南を受け、庶民の子は丁稚《でっち》奉公に出されていたのは正しかったのである。

いずれにせよ、こうして欲望を発散する場がある男はいいが、発散する場のない男はどうするか。

ここでもっとも自然なのが、ガールフレンドをもつことである。彼女さえいれば、自然に欲望を発散することができるし、たとえ性的関係がなくても、愛し、愛される人がいる、ということは、男の心をずいぶん和ませ、優しくさせる。

だが問題は、ガールフレンドもいなくて、体力を発散する場もない男たちである。とくに二十代半ばになっても適当な仕事がなく、たとえあったとしても気がのらず、鬱々《うつうつ》と家の中に籠《こも》ってしまう男たち。

いわゆるニートに近いが、こういう男たちは欲求のはけ口がなく、それが内向して、ときに異常な暴力を揮《ふる》ったり、他者へ攻撃的になったりする。

そしてもっとも攻撃し易《やす》い対象として、まず家族を、さらに幼い少女を狙《ねら》うことになる。

それにしても、なぜ少女たちはあのような無残な形で死に追いやられたのか。

むろんまず第一に、犯人の偏執狂的な異常さが原因していることはいうまでもない。事件の最大の原因は彼等にある。

だが、少女たちの犯人への対応の仕方が犯人の異常さをかきたてたかもしれない。

広島や栃木の事件はともかく、宇治での事件では、被害者が小学六年生だけに、とくにその感じが深い。

それというのも、女性は男性に比べて、はるかに潔癖で、好き嫌いをきっぱりと表現する。男のように曖昧《あいまい》ないいかたをせず、嫌いなものは無残に切り捨てる。しかもこの傾向は少女期にとくにいちじるしい。

いうまでもなく、子供は知性も教養もないだけ、実に正直に、ある意味で残酷なまでに、自分の思ったとおりのことをいう。そこに、相手への思いやりや手加減といったものをくわえることはまずありえない。

あの少女も、しつこくいい寄り、拘束しようとする犯人にきっぱりと、「おまえきもい」といい、「近寄らないで」と叫び、「死ね」といったと報道されている。

もちろん、それは塾の講師への正直な実感で、事実、そのとおりの嫌な奴《やつ》であったに違いないが、この的確なパンチに、余裕のない講師はますます怒り狂い、殺意を抱くにいたったのではないか。

この男を弁護する気なぞ毛頭ないが、日頃もてなくて苛立《いらだ》ち、欲求の発散の場を求めていた男は、幼い少女の、憎しみにあふれた嫌悪《けんお》の眼差《まなざ》しに切れて凶行におよんだのかもしれない。

犯人の行為は断じて許せないが、その行為をかきたてた理由の何十分かの一つに、少女の、妥協しない潔癖さがあった、と考えられなくもない。

むろん小六の子に、嫌なおじさんに優しさをもてというのは無理だし、実際に不可能である。

しかし、ただただ嫌悪するだけでなく、ときに軽くいなして逃げる。そんな身の守りかたを、子供に教えておくことも必要かもしれない。

持続という才能

このところ、いろいろな世界で、若い人たちの活躍が目立つ。

ちょっと数えあげただけでも、女子フィギュアスケートの浅田真央《まお》さん、安藤美姫《みき》さん、卓球の福原愛、ゴルフの宮里藍《あい》の二人のあいちゃん。さらに男ではサッカーの平山相太、ゴルフの伊藤涼太、囲碁の井山裕太、将棋の渡辺明竜王などなど。

いずれも十代の半ばから二十代の前半なのに、それぞれの世界のトップスターになっている。

まさに、若さの花盛りである。

これらの人たちの活躍を見て、「すごおい」と驚き、感嘆する人は多い。さらには「天才」とも「異能」ともいって騒ぎたてる。

たしかに、彼女たちや彼等は、並の人とは格段に違う、天才であり大スターである。

そのことにケチをつける気なぞ毛頭ないが、その才能自体は、ことほどさように大騒ぎするほどのものでもない。

こういうと、ひねくれているように思われるかもしれないが、彼女たちや彼等に共通していることは、幼くしてその世界に入り、一途《いちず》に努力してきたことである。実際、卓球の福原愛ちゃんは三歳のときからラケットを握り、宮里藍ちゃんは四歳のときからクラブを振りだしたといわれている。

この早いときからの訓練は、なにもいまに始まったことではない。

以前から、伝統的な芸道の世界では、数えの六歳から習いごとを始めるのを常としていたが、いまの年齢でいえば五歳である。

このころから、踊りや三味線を習ったのだから、名人、名妓《めいぎ》がでたのは当然である。なんでも早く、若いときから徹底的に仕込む、それが一芸に秀《ひい》でるための絶対条件である。

若いとき、とくに幼児期の身体能力と頭の理解力ほど見事で、素晴らしいものはない。それは、前記の人々にかぎらず一般の誰でも有しているものである。

事実、これを読まれている読者もわたしも、読んでいない人も、みな同様にもっていた。

その意味で若いときの身体能力は、特定の人にかぎられたものでなく、若い人すべてに与えられている平等の才能である。

それを実感したのは、わたしがかつて医師として、整肢療護園という施設に勤めていたときである。

ここでは脳性麻痺《まひ》や小児麻痺などでさまざまな障害をもった子供たちを、療育しながら勉強させていく。わかり易《やす》くいうと、幼稚園や小学校とリハビリテーション治療と、両方を合併したような施設である。

そこに小学二年生で、両手をほとんどつかえない男の子がいた。

この子は、食事をどのようにしてとるのか。興味深く見ていると、まずスプーンを口でくわえ、そこにご飯をのせて上手に口に運んでいく。

さらにパンが出たとき、彼は突然スプーンを離し、足先をパンがおかれている皿に伸ばすと、足の趾《ゆび》でひょいとつまみあげ、くるりと肢《あし》を曲げると、あっという間に口まで持っていったのである。

「すごおい……」

わたしは驚き、感動した。

いかに躰《からだ》が柔らかくても、容易にできる技ではないが、その子にとっては、生きるために必要不可欠な、生を賭《か》けた技に違いない。

両手が不自由で、生きるためには足をつかうよりない。その絶対的な必要性が、彼にこれだけの身体能力を与え、食べることを可能にさせたのである。

先日、真央ちゃんがフィギュアスケートの大会で、頭上で片足のスケートのエッジをもってスピンする、ビールマンスピンという技を片手でやっていて、解説者が、これをできるのは、「世界で真央ちゃんだけです」といっていた。

だがその瞬間、わたしは足先でパンをつまんで食べた少年を思い出して、いいたかった。

「真央ちゃんだけではないよ。もっと肢を曲げて足先を口までもっていき、さらに首の裏まで掻《か》ける人だっているよ」と。

真央ちゃんの技が世界一なら、あの少年の技だって世界一である。ただ、真央ちゃんは健常者で、あの子は障害者という違いがあるだけである。

だからといって、真央ちゃんの技はたいしたことがない、などという気はない。

それより、わたしがいいたいのは、誰でも幼いときから一つのことをひたすらやらせると、それなりのことはできる、ということである。要するに、なにかをさせるなら、少しでも早く、できるだけ若いときからやらせるべきである。

それはスポーツはもちろん、踊りや歌や音楽の世界でも同じである。ただ一つ、ここで問題になるのは、それをいかに飽きさせず、続けてやらせられるか。この持続力の有無が結果を大きく左右する。

いうまでもなく、子供というものは好奇心が旺盛《おうせい》な分だけ気が散り、飽き易い。ほとんどの人は途中で嫌気がさしたり、親に反撥《はんぱつ》してやめ、凡人になってしまう。

だが、わたしが見た障害児は、飽きて足で摑《つか》むのを止《や》めると、たちまちご飯を食べられず、生きていけなくなるから懸命に頑張った。

そして先に述べた人たちは、とくべつ他の人より身体能力があったわけではない。それより、若くして始めて、飽きずにむしろ楽しみながら貫いた。この飽きなかった才能こそ、まさしく才能の才能たるゆえんである。

心臓移植も保険が効くけれど

これから心臓移植などにも保険が適用されることになる。

厚生労働省によると、先の中央社会保険医療協議会（中医協）で、心臓移植、脳死肺移植、脳死肝臓移植、膵臓《すいぞう》移植の四件について、早ければこの四月から新たに公的医療保険の適用対象とする方針だという。

かつて札幌医大にいて和田心臓移植を身近に体験し、それを批判したことで大学にいづらくなり、辞職したわたしとしては感慨無量。

ついに心臓移植もここまできたかと、さまざまな思いにとらわれる。

これまで心臓移植、脳死肝臓移植などは、日本でおこなわれることはほとんどなく、それが必要な患者さんはアメリカなど外国へ行ってしてもらうのがほとんどであった。

だが日本人が外国で手術を受ける場合は保険などはまったくきかず、さらに治療費の他に渡航費、滞在費などをくわえると莫大《ばくだい》な額になり、一説には五千万とも七千万ともいわれていた。

とくに日本では十五歳未満のドナーが認められていないこともあって、小さな子は外国に行くよりなく、そのため、「〇〇ちゃん募金」などと名付けて、一般の人たちの寄付を仰ぐことも多かった。

しかし日本でも、遅ればせながら一九九七年に臓器移植法が施行され、これらの移植も国内でできるようになったが、現実におこなわれたケースはきわめて少ない。

実際、これまで日本でおこなわれた心臓移植はわずか二九例、脳死肝臓移植も三〇例。

この原因の第一は、ドナーとなる、いわゆる臓器提供者が極端に少ないからだが、くわえて、自己負担となる保険外の手術費などに三百万円もかかることが大きな障害となっていたのである。

これら臓器移植手術の少なさは、諸外国の例と比べるとよくわかる。

まず心臓移植は一九九八年まではゼロ、一九九九年にいたって三例、以下、年間五～六例という状態が続く。

これに対してアメリカでは、一九八二年からすでに一〇〇例をこえ、一九九〇年以降は毎年二〇〇〇例から二三〇〇例のあいだをゆきしている。実に、日本の五百倍近い手術がおこなわれているのである。

実際、わたしは一九八〇年に、アメリカでの脳死臓器移植の実態を調べに行ったが、ロサンゼルスのＵＣＬＡメディカルセンターのブスティル教授のところでは、脳死肝臓移植手術が毎日のようにおこなわれていて、ごくありきたりな手術の一つになっていた。さらにそこで手術を受けた患者さんは、お腹《なか》についたＶ字型の傷痕《きずあと》を見せながら、手術料は全額保険で、「個人で払ったのは二〇ドルくらいだったよ」と陽気に話してくれた。

それにしても医療レベルではアメリカとさほど遜色《そんしょく》ない日本で、なぜこうも移植手術が少ないのか。

それは前に述べたとおり、臓器提供者である、いわゆるドナーが不足しているからである。

もちろん日本にもドナーカードというのがあり、それに記入して、交通事故などに遭って脳死状態になったときには、臓器を提供してもいいと了承している人はいる。しかし問題はそこから先。日本では、一応、本人は納得していても、家族の意志も重視され、この時点で、ほとんどの家族が反対する。

「まだ生きているのに……」といっても、人工呼吸器のおかげで生きているだけなのだが、容易に納得してくれない。要するに、脳死の状態がきちんと理解されないのである。

さらに、自分の息子や娘の躰《からだ》に傷をつけ、心臓や肝臓が取り出されるのは辛《つら》すぎるという考えかた。この背景には、とくに遺体を重視する日本人と、遺体より精神性を重んじるキリスト教社会との違いもあるようである。

そしてなによりも大きいのは、博愛精神というか、ボランティア精神の欠如である。多くの日本人が信仰する仏教には、慈悲の精神はあっても、見知らぬ他人にまで博《ひろ》く愛を注ぐ博愛精神は、キリスト教徒からみるとかなり薄いのが実情である。

日本で心臓移植などがおこなわれにくい理由のひとつに、それを現実に推進するコーディネーターが少ないこともある。

いまたとえば交通事故で脳死患者が出たとして、その家族に臓器提供をすすめ、わかり易《やす》く説明するのがコーディネーターの役割である。さらにそれを積極的にすすめようとする救急医も少ない。

今回の保険適用に当っては、この脳死判定や判定後の患者の管理にも保険が適用されることが決められているが、こうした臓器移植の陰の部分にも充分光を当てる必要がある。

それにしても、現在の時点で臓器移植ネットワークに登録し、心臓移植を待っている人は、八十人以上にも達している。これに対して、年間、五、六人の人しか移植手術を受けられないのでは、あまりに少なすぎる。

おかげで、日本の臓器移植を希望する患者は世界でも最低のレベルにおし込められ、ドナーに巡り合えないまま憤死しているのが実情である。

この悲劇を少しでもなくするために、いま一度、ドナーの登録と、臓器提供の促進を、政府もマスコミも声を大きくして叫ぶべきである。こうした底辺の運動をすすめないかぎり、せっかくの保険適用も具体化されず無駄になるだけである。

知はあるが知性がない

このところ新聞もテレビも、ライブドアとホリエモン一色。強制捜査が入って二週間も経《た》つというのに相変らずトップ記事。

それも、初めの粉飾決算や不正経理の話題から、ホリエモンたちの考え方や生き方をどう考えるか、といった、社会的問題にまで広がってきている。

そこで、ホリエモンをトップとする若き経営者たちのありかたについて、少し考えてみようと思うのだが。

ホリエモン語録はいろいろあるようだが、なかでも話題になっているのが、「金さえあればなんでも買える」という発言。

これ、結構いいところいっている、というかかなり当っている。

たしかに現在、金さえあればほとんどのものが買える。

なかには、人の心や誠意や真の愛情までは買えない、という人もいるが、そんなことはない。実際、ホリエモンはお金の力でかなりの美女をつかまえたようだし、一時的だが部下の忠誠心を得ることもできたようである。

ただここで間違われては困るのは、金さえあれば十のうち八割か九割は手に入れることができるが、一割か二割、金では買えないものがある、ということである。ほとんど買えそうに見えて、ときにごくごくわずか買えないものがある、という事実である。

これが本当の意味での、人の心とか愛情とか、道徳とか感性といったもので、これだけは買えないことがある。

同様に、法律で定《き》まっていなければなにをやってもよい、という考えかたは法律論としては正しい。法的に反していなければ八割から九割はやってもいいが、その手前でやってはいけないこともある。

問題は、その残りの一割か二割を自覚できるか否《いな》かだが、そこから先はその人の、英知とか教養とか知性といったもので定められてくる。

いまさら、こんなことをマジにいうのは少し気恥ずかしいが、知性とは頭脳の知的な働きのことである。しかしこの言葉にはもう一つ狭義《きょうぎ》で、感覚により得られた素材を整理し、統一して認識にいたる、精神機能の意味もある。

察するところ、ホリエモンはこの知性のうちの、頭脳の知的な働きだけは優れているのかもしれない。パソコンも早く打ち、あらゆる情報を素早くまとめ、整理し処理する、機械的能力はかなり優れていたのだろう。

しかしそこから先、それらで得た知識から、認識という概念にまとめていくのは苦手で、「金儲《かねもう》け」という単純な一つの認識しか思いつかなかった。

知性がない、とはまさしくこのことで、知の領域から一歩踏み出すことができなかったのが、悲劇の原因である。

いってみれば、ホリエモンは現代のピエロである。

そのピエロになった最大の原因は、若くして一気にお金が入りすぎたからである。

もしこれほど都合よくお金が入らなかったら、いまごろ若い独創的なビジネスマンとして、多くの人々に評価され、愛されていたかもしれない。

それがうっかり二十代から巨万の富を手に入れてしまった。幸か不幸か、これほどの富を得ると単なるビジネスマンではいられなくなる。

当然、そのお金はどうして得たのか。そしてなににつかおうとしているのか。周りの人々はそちらに関心を抱き、注目する。そして改めて当人の知性が問われてくる。

だが幸か不幸か、ホリエモンは知識はあっても知性はなかった。得られた事実を整理統合して一つの認識まで高める精神機能が弱すぎた。それが今回の悲劇を招いた原因であることは間違いない。

しかし考えてみると、これらは若者の多くに共通している特性でもある。

いまの若い人たちは大なり小なりホリエモン的欠点をもっている。というより、それが若者の特徴でもある。

それでも、あまり大きな問題が起きないのは、ほとんどの若者は巨額のお金を手にしていないからである。おかげで知性のなさがバレないですむ。

他に一人だけ、六十億だかを持っている株長者の青年がいるが、お金を握っているだけで動き出さないかぎり、知性の有無を問われることはない。

いずれにせよ、お金を持つことは怖いことである。無いのは辛《つら》いが、持ちすぎるのはもっと怖い。

それでもみな、お金を求めて日夜、懸命につとめている。働きながら、人間はみなほどほどに、人々を知り自分を知り、お金を儲ける大変さを知り、それとともに知性を身につけていく。

その過程を踏まず、一気にお金だけ握ってしまったところにホリエモンの悲劇がある。

それにしてもホリエモンは哀れである。あの若さで金を得る喜びも、多くの会社や人を支配する喜びも、すべて手に入れ、しかもその虚《むな》しさと怖さを身に沁《し》みて体験してしまった。

これからあと、彼はなにを目標になにを求めて生きていくのか。

余計なお世話かもしれないが、獄中で少し本でも読んで別の世界を覗《のぞ》いてみたらどうだろう。

レディファーストとは

最近、フランスからイタリアを旅行してきた女性。五十代で年齢のわりには小綺麗《こぎれい》なおばさまだが、「素晴らしかったわ、もう最高、夢のようだったわ」と大喜び。

パリのオペラ座やローマやナポリで遊んで感動したのかと思ったら、さにあらず。向こうのホテルやレストランや街角で、ふと触れ合った男たちの態度が、優しくて素敵なのにうっとりした、とのこと。

みな笑顔で「マダム」と近付いてきて、「美しい」「チャーミング」と褒めてくれて、ときにはウィンクまでしてくれたとか。

要するに、やたらもててすっかり若返った、というのである。

たしかに彼女なら、さもありなんと思ったが、彼女ほどでなくても、イタリアやフランスに行くと気分を快《よ》くして帰ってくる女性が多い。

ヨーロッパ、とくにラテン系の国では、男たちが明るく陽気で、女性たちにお世辞をいうのが男の務めと思っているのか、とにかく調子がいいらしい。

これに対して日本の男たちは、とくにおじさんたちは総じて渋くて、そういう話をきくと、「男のくせにチャラチャラして……」とケチをつける。

その気持は、同じおじさんであるわたしにもよくわかる。

なにせ日本は、男は口数少ないのをよしとする国で、「男は黙ってサッポロビール」なんていう台詞《せりふ》が、流行《はや》ったこともある。

こんな武士道だかサムライ精神みたいのがいまだに残っている国だから、女性にお世辞をいうのが下手なのは当然である。いや、若い女の子だけ、やたらちやほやするおじさんもいるが、中年以降の女性には極端に冷たい。にこっとでもしたら男の沽券《こけん》にかかわるとばかり、苦虫を嚙《か》みつぶしている人もいる。

しかしいまや国際化時代。「男は無口で……」などといって黙りこんでいたら、ただの馬鹿《ばか》かと思われてしまう。むろん黙ってしかめっ面《つら》をしていてはビールも飲ませてもらえない。

そこで思い出したのだが、以前といってもかなり昔だが、イギリスから帰ってきた女性と際《つ》き合ったことがある。

彼女は帰国子女だったが、当然ながらレディファーストのしきたりのなかで、育ってきたらしい。

実際、彼女と一緒のときは、エレベーターに先に乗せるのはもちろん、レストランに入るとまずコートを脱がせてやり、席に着くときは椅子《いす》を引いて上席に座らせ、さらに帰るときはまたコートを着せてやらなければならない。

そこでわたしはいささか疲れて、ぼうっとしていると、彼女が突然、さくではないか。

「渡辺さん、わたしを小娘だと思っていません？」

実際、それに近かったので、「いや、まあ……」と曖昧《あいまい》な返事をしたら、彼女に説教されてしまった。

「あのう、レディファーストというのは、相手の人格や容貌《ようぼう》を見てやることではないのです。向こうでは、小さいときから、女性と見たらしなさい、というように躾《しつ》けられているのです。だから、深く考えず気楽にやってくださいね」と。

正直いって、これには感心というか、まさに目から鱗《うろこ》。レディファーストとは、この女性は立派なレディか小娘か、なんて考えないで、女と見たらやる。

要するに、心を入れずに、ただ女性と見たらやる、というだけのこと。

もっとも、ときには女性と見えない女性もいるから、このときだけは仕方がないけれど。

しかし考えてみると、この、相手の人格や立場を考えないでやる、心を入れないでおこなう、という文化。日本ではほとんどといっていいほど根付いていない。

多くの場合、まず相手がどういう人でどういう立場の人か、それを考え、それに応じた対応をしようとする。そしてそれが重々しく誠実で立派な行為、と思われている。

しかしこれでは道を行く女性に気軽に声をかけ、「若くて綺麗」なんていえるわけがない。

もし日本でこんなことをいったら、たちまち「軽い」の一言で片付けられてしまう。しかしこの軽さ、社会の潤滑油として人を心地よくさせる、という点からも悪くはない。

ところで日本でも一ヶ所、これと近い感じの街がある。

それは、京都の祇園《ぎおん》まち。

ここのお茶屋で遊んで帰るときなど、女将《おかみ》さんや芸妓《げいこ》さんが揃《そろ》って門口まで出てきて、「おおきに、ありがとうございました。またおいでやす、おおきに」と大合唱する。

こんなに賑々《にぎにぎ》しく派手に見送りを受けていいのか。半ば嬉《うれ》しく半ば照れくさくて、二、三十メートル行って振り返ると、まだ「おおきに、ありがとうございました」と叫び続けているではないか。

どうしてあんなに丁重に、何度も何度も頭を下げられるのか。

そこでふと気がついたのが、彼女らは客をなんとも思っていないのではないか。レディファーストと同様、さほど心を入れていないから、あれだけ明るく堂々といえるのではないか、と。

これ、別に祇園まちを悪くいっているのではない。そうではなく、あそこだけがヨーロッパ並みに、日本でもっともお洒落《しゃれ》で洒脱な文化が育ったところである、といいたいのである。

男の大奥はないのか

東京、東大和市の民家で女性十一人と一緒に住んでいた男。

逮捕された脅迫の容疑より、どうしてあんな形の共同生活が可能であったのか。そちらのほうが余程不思議で、興味があるのだが。

さまざまな報道によると、この渋谷という男は女性にいろいろな手をつかって近付いたようである。たとえば、「自分には人に見えないものが見える」「ここには悪霊《あくれい》がいる。それを除霊してあげる」「私は現代の医学をもってしても取り除くことができないものを、特別の能力で除くことができる」などなど。

さらに、女にもてる薬をつくって飲むとフェロモンが出るとか、女をその気にさせる呪文《じゆもん》をかけたら女性たちが居つくようになったとか。

また女性に声をかけてうまく誘い出すと、まず二階の真っ暗な部屋に閉じ込め、本人は黒マントを着て目の部分だけ空けた帽子をかぶり、紫色の布の上におかれた水晶玉に光りを当てながら、「あなたの身近に恐ろしいことがおきるから、それを取り除いてやる」と暗示をかける。さらに催眠術もかけていたようだが、冷静に考えたらすべてインチキであることはすぐ見通せる。

今回の事件をきいて、みなが一斉に思い出したのは、かつての「イエスの方舟《はこぶね》」事件だろう。

このときも一人のおじさんに二十数人の女性が従ったが、あの場合はまがりなりにも宗教を中心に集まったグループであった。

しかし今回は、妖《あや》し気な呪文を唱える男を中心とした家族的集団生活、といった感じである。しかも当の男にとっては、何人もの若い女性を自由に操《あやつ》れる大奥であった。

この男の巧みなところは、集まった女性全員と結婚と離婚をくり返し、みな同じように扱っていると見せかけたところである。

もしここで差別をつけたら、独占欲の強い女性たちのことだから大奥の何倍もの騒ぎになって、集団はたちまち崩壊したに違いない。

だが男は、みなの心の悩みを解きほぐすという理屈と、自分を共有させるという方法によって、巧みに女性たちをマインド・コントロールしたようである。

それにしても、なぜ今回のような事件がおきるのか。それも、簡単な脅しや誘いにつられて、のこのこ出かけ、一目でわかる怪しげな呪文や催眠術ごときにひっかかるのか。

ここで改めて気がつくのが、女性の霊感とか占い好きである。

たとえば、街で手相見などの前に延々と並び、真剣に話をきいているのはほとんどが女性である。他に家相や運勢も好きで、家の方角や月日にこだわるのも圧倒的に女性が多い。

朝、民放各社がやっている星座などの運勢占いも、すべてワイドショーを見ている女性のためである。

これに比べると、男が占いとか運勢に凝ることはほとんどない。

街の占師を見ても素通りして、手相を見てもらう金があるくらいなら飲んだほうがいい、と思ってしまう。

事実、わたしも占いなぞ頼んだことも、ましてや信じたこともない。

ただ一度、子供の頃に母親に、「お前は女難の相があるから、気をつけなさい」といわれたことがある。実際、それに近いことがあったが、それはわたしが自分で勝手に招いたことで、占いが当ったとはいまだに思っていない。

それはともかく、どうして女性はああも占いとか霊感が好きなのか。

察するところ、女性の一生は自分で切り拓《ひら》くというより、相手の男に左右される部分が大きいからなのか。さらには自分に自信がないのか、あるいは決断力がなくて、誰かに決めてもらったほうが気が楽だからか。

しかし、最近は自立している女性も多いのだから、そろそろ占いから脱却してもいいのでは、と思うけど。

一般に男はかなり論理的な生きものであるのに対して、女性は感覚的な生きものである。

そしてこの感覚的なところから、女性特有のナルシシズムが生じ、それにより一人の男を深く愛することも可能になる。

こう考えると、女性の感覚的な受けとめかたも悪くはないと思うけど。

それにしても不思議なのは、どうしていつも、「男一人に女多数」という組み合わせになるのだろうか。

彼女たちと同じように、いろいろな不安や悩みをもち、生きることに自信を失っている男性は沢山いるはずだが、「女一人に男多数」という組み合わせはこれまできいたことがない。

たとえば、あの細木なにがしという女教祖的なおばさま。彼女を中心に十一人の若くて格好いい男たち、という組み合わせができてもいいかと思うのだが、こういう例はとてもできそうもない。

その理由は、男が生来もっている序列好きや権力意識と関係がありそうである。

実際、もし女一人に男十一人という集団が出来たとしても、男たちはたちまち競い合い、他を排除し、結局一人しか残らないだろう。一人の女をめぐって十一人の男が和気あいあいなんてことはありえない。

結局、今回の事件で改めてわかったことは、男と女はかくも違う生き物であるという永遠の真理だけである。

なぜ作家になったか

週刊新潮が創刊五〇周年を迎えた。この半世紀のあいだには、さまざまな事件がおき、さまざまな人が話題になり、わたし自身にも思い出深いことがいくつもあった。なかでも本誌、週刊新潮について、いまも生々しく思い出す忘れ難いことがある。

昭和四十三年（一九六八）八月、当時わたしが勤務していた札幌医大病院で、日本で初めての心臓移植がおこなわれた。執刀医は同大胸部外科の和田寿郎《じゅろう》教授。

この報《しら》せをきいたとき、わたしは自分の大学で、世界でもまだ二一数例しかおこなわれていない画期的な大手術がおこなわれたことに驚き、心が浮きたった。

実はその前から、わたしがいた整形外科の地下研究室と胸部外科の研究室とは廊下一本隔てて向かいあっていて、夜なぞぶらりと行くと心臓移植の実験のために、人工心肺をつけられた犬が横たわっているのをよく見かけた。

また和田教授とは脊椎《せきつい》カリエスの手術のときに、胸部外科チームが胸を開いて肺を避《よ》け脊椎に到達するところまで受け持ち、そのあと、われわれ整形外科チームが脊椎を開くという共同手術をおこなったこともある。

このときの和田教授の、アメリカ留学中に鍛えたテクニックは抜群で、出血量も手術時間も他の医師の半分以下ですむ鮮やかさであった。

そんなこともあって、心臓移植に当っても完璧《かんぺき》なテクニックでおこなわれたと信じていたが、移植の実態を調べるうちに脳死の判定や適応に疑問が生じてきた。

これらは一部、学内でも囁《ささや》かれ、次第にマスコミからも疑問視する声が出はじめた。

移植手術の直後、わたしは和田教授と親しかったこともあって、病室にいた患者さんの宮崎信夫《のぶお》くんと直接話をし、さらに朝日新聞紙上などで移植反対派の人と論争したこともある。

だがいろいろ調べるにつれてドナーの脳死判定に問題があることがわかり、次第に疑問を抱くようになった。

「週刊新潮」編集者のM君がわたしを訪ねてきたのは、そんなときだった。

彼は小樽《おたる》の近くの海岸で溺《おぼ》れて脳死と判定されたドナーの青年が、一時、蘇生《そせい》と報道されていた事実から、謀《はか》られた脳死ではなかったか、という視点から記事を書こうとしていた。

むろん、わたしは彼の取材に応じて、自分なりの疑問点を述べたが、そのあと週刊誌にのった記事を見て仰天した。

まず、わたしが、「和田教授のやりかたはかなりアメリカ的で、大胆で……」と話したところを、「和田は演出が上手で、今日の名声は何人かの患者の犠牲のうえに成り立っている……」といった文章になっているではないか。

これは、あらかじめ最終稿を確認しなかったわたしのミスだが、それにしても教授という敬称を外し、批判的な部分をことさらに強調されてはわたしの立場がなくなってしまう。

実際、和田教授はわたしが学生時代に教わった胸部外科の先生であり、手術場の部長でもあった。その人がおこなった手術に対して、講師になったばかりの若造が敬称もつけず批判したのでは、胸部外科はもちろん手術場にも行きづらくなる。

事実、この直後、この記事を読んだわたしの主任教授から「学内のことを、軽々しく喋《しゃべ》ってはいかん」と厳しく叱《しか》られ、大学病院にいづらくなってしまった。

こうして事件から二ヶ月経《た》った十月から地方の病院へ出張したが、年が明けて戻っても居心地が悪く、ついに翌年三月、大学病院を辞職することにした。

「大学病院を辞める」といったとき、存命だった母は泣いて反対して、わたしにきいた。

「せっかくここまできたのに、辞めて、これからどうする気なの？」

それまで直木賞や芥川《あくたがわ》賞の候補になって、二度ほど落ちていたので、「東京に行って、小説を書いてみる」というと、「頼むから、そんな水商売に入らないでくれ」と哀願された。

まさか小説を書くことが水商売とは思わなかったが、東京に出てやってみると、収入が不安定で夜中ごそごそ起きているので、これはやはり水商売だと思った記憶がある。

ともかく、まだ三十五歳という若さのせいもあって、思いきって筆一本の生活にとびこんではみたが、「早まった」という思いは深く、後悔もした。

幸い翌年の夏、直木賞を受けて、それ以来なんとかここまで仕事を続けてくることができたけど。

それにしても、もし、あのとき踏ん切らなければ作家にはならなかったかもしれない。

わたしは運命論者ではないが、あの年、自分の大学で心臓移植という事件がおこらず、そして週刊新潮のM君が一方的な書き方をして、大学病院にいづらくならなければ、わたしはまだ札幌かその近くで、穏やかな医師生活を送っていたかもしれない。

それを知ってか、いまや新潮社の役員となったM君は、「僕のおかげで、先生は作家になれたのですよ」と楽しそうにいう。

たしかにそれはある意味で事実だが、といって彼に恩着せがましくいわれるのも釈《しゃく》然《ぜん》としない。

それよりここは、「伝統ある週刊新潮のおかげで……」としたほうが、素直に納得できそうである。

春遠からじ

長かった新聞連載が終ったこともあって、骨休めにハワイへ行く。

むろん、寒すぎる日本を離れて常夏《とこなつ》の国で少しのんびり過ごしたいと思ったからである。

ところが、期待して行ったハワイは意外に涼しい。

日中こそ二十四、五度と暖かくなるが、陽が沈むと十五、六度。風があると肌寒くて長袖《ながそで》が必要になる。

地元の人は、「日本が寒いと、ハワイも少し寒いのです」というが、もしかすると平年より南に下りてきているシベリア寒気団が、偏西風にのってハワイにも影響を与えるのか。

このハワイ、大変な混みようで、ホノルルはホテルもゴルフ場も満杯。

やはりみな寒い日本を逃げ出してハワイへ来るのかと思ったら、さにあらず。

混んでいる理由は、アメリカ本土からの観光客が多いから、とか。確かに日本人よりアメリカ人のほうが目立つが、昨年夏のハリケーンでフロリダなどの観光地が打撃を受けた影響らしい。

そんなこともあって、ホノルルのレストランはみな賑《にぎ》わっている。

その一つ、地元でも有名な高級ステーキ店に行く。ここは建物がクラシックでムードがあり、肉はすべて店の奥にある大きな窯《かま》に入った炭火で焼いていて、いかにも旨《うま》そう。

むろん超満員で、さまざまなオードブルが出てくるがみな美味《おい》しい。

いよいよメインの肉は、と思って食べてみると、これがまずい。

日本の、ほどよく脂身《あぶらみ》ののったやわらかいステーキからみると、赤肉のかたまりといった感じでいささか失望するが、アメリカ人はみな旨そうにかぶりついている。

その大雑把さとスタミナをみると、BSE牛などへの対応の荒さもなんとなく納得できてくる。

ハワイへ行く前に、一日、熱海《あたみ》へ行ってみた。

だが、立春をすぎたとはいえ、熱海もかなりの冷え込みよう。

仕方なく、旅館の走り湯につかって海を眺めていたが、海も寒々としていて、「ひねもすのたり、のたりかな」にはほど遠い。

まだまだ春は遠い、と思ったが、春については、「遠い」という言葉がそぐわないというか、うまく繋《つな》がった言葉がないのに気がつく。それより、「春遠からじ」のように、もうじきくるよ、といったつかいかたのほうが多いようである。

やはり、春はみな待ち遠しいだけに、「遠い」とは思いこみたくないのか。

実際、春を冬に変えて、「冬遠からじ」では、みなうんざりして心も滅入《めい》ってしまう。

いずれにせよ、多くの人に冬や寒さが好かれていないことだけはたしかである。

それにしても、相変らず寒くて春が遠いが、この焦燥感を表す言葉はないものか。

そこで思いついたのが、「春まだ浅き」という言葉。これならまだまだ寒いが、かすかながら春の気配があることは間違いない。

だがその日の熱海は、その浅い春の気配さえない。

それでも、せっかく来たのだからと梅園に行って見る。

ここは明治十九年に開園されて、樹齢百年の古木を含めて、七三〇本の梅が植えられているという。だが平年より一ヶ月遅れとかで花はほとんどなく、わずかに一部の樹《き》が二、三分咲きの蕾《つぼみ》をつけているだけ。梅園のほうでも咲かない梅に困っているようだが、予定の行事をやめるわけにもいかず、大正琴の演奏会などをやっていたが、立止って聴いている人は少ない。

こんなわけで花はあきらめ、梅の樹のあいだを通り抜けながら、「梅は枝ぶり」という言葉を思い出す。

これは、梅は花より枝ぶりを見よ、という意味だが、花がないと一層、枝ぶりの見事さがきわだってくる。

寒空の下、黒々として逞《たくま》しい枝が左右に伸び、ときに曲がりくねって節々の瘤《こぶ》もそれなりに見応《みごた》えがある。眺めるうちに、大地にどっしりと根付いた古木の確かさが伝わってくる。

そこでいまひとつ思い出したのが、「梅は正妻」という言葉。

といってもこれ、わたしが勝手につくりあげた言葉だが。

こう書くと、「なによ、妻は節くれだって、瘤ができて、どっしりしているとでもいうの」と多くの正妻から反撥《はんぱつ》をくらいそうである。

でもその真意は、妻は梅のように地道でたしかで信頼できる、という意味である。

さらに梅は、お花として活《い》けられても上品で、床の間に飾っても見映えがする。たとえ梅一輪にしても凜《りん》としてあたりが引き締る。

この梅に比べると、桜は愛人のイメージに近い。

これも「なぜ、桜が愛人なの？」と、叱《しか》られそうだが。

この理由、桜は全身で咲き誇り、着飾って華やかである。それどころか、これ見よがしに表に出すぎて抑えるところがない。

おかげで、華道で桜がつかわれることはない。他の花と組み合わせると、自己主張が強すぎてバランスを崩してしまうので、せいぜい大きい甕《かめ》に枝ごと投げこむだけである。

かくして、「梅は正妻、桜は愛人」というわけだが、いまはまだ、梅も桜も咲き誇るまでにはいたらない。

おかげで春まだ浅きこのころは、梅か桜かと争うこともないが、春が遠くないことだけはたしかである。

亭主在宅症候群

以下は、ある年配の女性のTさんにきいた話。

彼女は以前からダンスが好きで、昼間からレッスン場に通っていたが、最近、同じ仲間の女性が現れなくなったという。

その仲間の女性を仮にCさんとすると、Cさんは五十八歳。

以前は明るく快活な方だったが、数ヶ月前から、眩暈《めまい》がするとか、頭が重い、眠れないなどと、体の不調を訴え、レッスンを休むようになってしまった。

そこで心配になったTさんがCさんの家に電話をしてみると、症状は一向に快《よ》くならず、初めの病院では、「メニエル症候群」といわれたという。

それで薬をもらい、自宅で静養してみたが症状は悪くなる一方。

ついには血圧が高くなり、吐気までてきたので別の大きな病院に行ったら、心療内科に廻されて、ようやく病名がわかったとか。

「なんだか、妙な病名なんですが」といって、明かしてくれたのが「亭主在宅症候群」。

「そんな病気ってあるんですね」とわたしにきくが、わたしも、そんな病名は耳にしたことがない。いや、わたしが医師だった三、四十年前には、そんな病名はなかった。

してみると、最近、出てきた病気なのか。

一般に病名には、その症状からつけられる場合と、原因からつけられる場合とがある。

たとえば、鬱《うつ》病《びょう》とか躁《そう》病、高血圧などは、その症状や検査結果からつけられた病名である。

これに対して、その症状にいたった原因から付けられる場合もある。胃《い》潰瘍《かいよう》や肺炎などがそうだし、この奥様の「亭主在宅症候群」もそうである。

それにしても、ここまではっきりいうとは。

この担当医は、Cさんの症状や訴えを慎重にきいた結果、ご主人が家にいることが原因で、不眠や眩暈や高血圧がでてきた、と判断したのだろう。

事実、Cさんのご主人は半年前に、会社を定年で辞めて、以後、ずっと家に居続けているとか。察するところ、いままでご主人は朝、家を出たら夜遅くまで家にいることがなかった。それが会社を辞めてからは毎日、家にいるようになり、それが奥さんには大きなストレスになったのだろう。

たしかにご主人がいると、三食すべて準備しなければならないし、ちょっと出かけるにも、「どこにいくの？」「何時に帰るの？」ときかれて、外出しても落着かない。ダンスのレッスンを止《や》めたのも、ご主人がいるので外出しづらく、それがストレスになり、苛々《いらいら》が高じたのかもしれない。

とにかく、ご主人が定年になって、奥さんの生活環境が大きく変わったのが病気の原因、というわけだが、それにしてもこの病名、ご主人に少し可哀相《かわいそう》というか、ひどすぎやしないか。

もしこの病名どおりだとしたら、この病気を治すにはどうしたらいいのか。

治療の基本は原因をとり除くことだから、「亭主在宅」という状態をなくすることである。

ということは、亭主がいつも家にいないように家から追い出すこと。これがもっとも効果のある治療法、ということになる。

しかし、そんなことを、いまさらご主人にいえるだろうか。

「あなたがいつも家にいることが、わたしの病気の原因ですから、家から出て行ってくれませんか」

そんなことをいったら、ご主人は怒りだし、大喧嘩《おおげんか》になるだろう。

「なんだ、お前は俺を邪魔だというのか」

烈火《れっか》のごとく怒っても、そのとおりなのだから困った病気である。

じゃあ、どうすればいいのか。

要点は、亭主の在宅時間を短くすればいいのだから、まずご主人に極力、外に出てもらうようにする。

しかし、定年になってからではそうそう外に出かける用事もないし、出るとお金もかかる。

それが難しい場合は、妻が亭主の存在を極力無視するか、さもなくば、夫自ら存在感のない亭主になるか、のいずれかである。

だが、無視するといっても、現実に横にいられては無視できないし、存在感を失《な》くするというのはさらに難しい。

あと考えられるのは別居だが、これまで一人で生活したことのない夫が素直に納得してくれるのか。きわめて難しいし、生活を二つに分けると余計な出費もかかってくる。

こう考えてきて、最後にゆきつくのは離婚である。これなら間違いなく治りそうだが、ここまで一緒にきて別れるのはいかにも残念。

といっても、こういうコースをたどる夫婦は、これからどんどん増えてくるのかもしれない。

いずれにせよ、この亭主在宅症候群にかからないための予防法は、いままで家にいなかった亭主が、突然いるようになったのが原因なのだから、その差を極端にしないように、亭主は平生から極力、家にいるように努めること。

さらに妻がいなくても自立していける訓練を、若いときから身につけておくことくらいか。

それにしても、薬も注射も効かない病気の治療ほど、難しいものはない。

データだけ見て患者を診ない

さる二月、埼玉県に住む女性が、医師の手違いで、甲状腺《こうじょうせん》を摘出されるという事件が起きた。

いったい、どうしてこんなことがおきたのか、以下、理由をおってみると。

この事件の舞台は、埼玉県毛呂山町《もろやままち》にある埼玉医科大学病院。

ここにAさん（六十九歳）が昨年十二月、甲状腺機能低下で、甲状腺の細胞を調べる検査を受けた。

ところが同じ日に、甲状腺ガンの患者さんのBさん（七十歳）も検査を受けた。

そこで、検査技師が二人の検体を取り違えたまま名前のラベルを貼《は》ってしまった。

おかげでAさんはガンと診断され、二月に甲状腺を摘出する手術を受けたが、ガンは確認できず、取り違えが判明したという。

ミスに気付いた病院側は、副院長らがAさんを訪問して謝罪し、医療事故報告書を提出したという。

さらに横手病院長は、「患者さんとご家族に多大な肉体的、精神的苦痛を与えたことを深くお詫《わ》びします」とのコメントを発表した。

まったくそのとおり。なんでもない甲状腺を誤って摘出された患者さんの苦痛はいかばかりか。

これに対して、「深くお詫びする」のありきたりな言葉だけでいいのか。患者さん側の出方にもよるが、金銭的な賠償も考えるべきではないか。

さらに、病院側は今後、このようなミスを絶対おこさぬよう、対策を講じるのは当然だが、はたして取りかかっているのか。

そのあたりを含めて、県や医療事故調査委員会は徹底的に調べるべきである。

それにしても、このような事故はなぜおこるのか。

この場合、第一に考えられるのが、検査技師によるうっかりミスである。

本来のガンの検体のほうに「異常なし」のラベルを、そしてなんでもない人のほうに「ガン細胞あり」の人の名前のラベルを……

むろんそこに悪意があったとは思われないが、考えてみると怖い。

鼻歌まじりではなかったにせよ、緊張感のないまま軽い気持ちでいつものように貼りつけた。

それが、Aさんの運命を根底から変えることになってしまった。いやAさんだけでなく、Bさんの運命も変えたかもしれない。

医療事故というと、普通、医師のミスと考えるが、医師の背後には多くの検査技師がいる。この技師の技術と判断が患者さんの運命を握っている。

このことはあまり知られていないが、医師は検査技師からのデータを見て病名をつけ、治療方針を決めていくのである。その基本となるところが狂っていては、その先すべてが狂うことになる。

大きな病院では毎日、何百件、何千件という検体が検査されている。それはガン細胞の病理的な診断から、血液型の判定まで、まさに千差万別。

これらがすべて正確におこなわれて、さらに判定された結果がすべて正しく分けられ、ラベリングされているのか。

そのなかには乳ガンや子宮ガンの検査結果もあるかもしれない。それらがもし取り違えられたらと思うと、怖くて病院に行けなくなる人もでてくるかもしれない。

今回の事件は表面だけみると、検査技師の誤りのようである。

それを受けて、間違った検査結果が送られてきたら俺たちはそれに従うよりないではないか、とうそぶく医師もいるかもしれない。

しかし医師も責任を逃れることはできない。

なぜなら、医師は職務上、検査技師の上に位置しているからである。技師が間違ったとしても、医師はそこを統括し監督する責任がある。

さらに、医師なら検査結果だけでなく、その患者の全身情報を熟知し、そこから判断するべきである。

今回の事件についても、たとえ「ガン」という検査結果がでても、まわりの状態やこれまでの検査データなどから、「本当なのか」と疑うことはできたはずである。

どうしてこんなに一気にガン細胞が増えたのか。注意深い医師なら考え、検査結果について、逆に技師に尋ねたかもしれない。

察するところ、この外科医は検査結果だけを鵜呑《うの》みにして、あっさり手術に踏み切ったのだろう。

いわゆる、最近はやりのデータばかり見て患者を診ない、データ医師だったのかもしれない。

しかし、医師の基本はまず人を診ることである。患者さんを自分の目で診て、自分の言葉で話し、これまでの、そして現在の患者さんの様子をいろいろな点から分析する。

そのうえで、さまざまな検査データを重ねて、最後に総合的に判断する。それさえしていれば、こんな誤りは犯さなかったはずである。

最近、外科系にすすむ医師が減りつつあるといわれている。その理由は、なにかというと訴訟をおこされ、面倒なことに巻き込まれるからだとか。

なにを、つまらぬことをいっているのか。

訴訟が怖いという以前に、そういう問題を引き起こさぬ医師になるべきではないか。内科なら訴訟沙汰《ざた》にならないということは、内科なら間違っても隠せるというわけか。

医学教育も、根本から改めるときにきているようである。

夫婦別姓はなぜ実現しないのか

平成十八年度の予算案はあっさり通ったのに、十年前に答申されたまま棚上げになっている問題がある。

それは、選択制の夫婦別姓導入と非嫡出子《ひちゃくしゅつし》の相続格差を是正する民法の改正。これが、いまだに放置されたままになっているのである。

夫婦別姓は、いまや世界的な流れである。

かつて女性のほとんどが家庭に入り、家事や育児に専念していた時代ならともかく、いまでは主婦の六割が外で働いている時代である。

それも、かなり社会的に重要な仕事をしている女性も多いのに、結婚した途端に夫の姓を名のらなければならないとは、あまりに時代遅れではないか。

実際、わたしのまわりの女性編集者たちは、結婚しても旧姓のままで仕事をしているので、戸籍上の正しい名前がわからないか、忘れている場合が多い。

先年、その女性編集者のFさんとバリに仕事に行ったとき、一旦《いったん》、ホテルにチェックインして部屋に入ってから、急きょ連絡したいことができた。そこでフロントに電話をしてFさんにつないでもらおうと思ったら、そういう名前の人は泊まっていないという。

いま、フロントで別れたばかりだから、いるはずだといったところで、初めて彼女の結婚前の旧姓で呼んでいたのを思い出した。

それでは、彼女のパスポートにのっている新しい姓は、と考えても思い浮かばない。

結局、日本人女性で、住所は東京で、いま少し前にチェックインしたはずと、何点か特徴をあげてようやく部屋がわかったが、こんな面倒なこともおきる。

とにかく、彼女と仕事をしている全員が、彼女の戸籍名まで覚えておくのは大変である。

それ以上に彼女本人も、通称と戸籍が違っていてはわずらわしくて大変に違いない。

こんなことのないように、夫婦別姓を認めるべきではないか。

そのために、とくに多くの予算を必要とするわけでもない。国会で民法を改正すればいいだけなのに、改革を唱える小泉首相もだんまりを決めこむとは、まことに解《げ》せぬ話ではある。

いま二十代から三十代の人々の八割以上が選択制夫婦別姓に賛成している、といわれている。この選択制というのは、別姓にしたい人はしてもいいし、したくない人はいままでどおり、夫の姓にとどまっていられる。要するに選択が可能な制度である。

むろん、女性のなかには、結婚を機に夫の姓に変わりたい人もいるから、この制度ならきわめて自由で、それぞれの希望に適《かな》っている。

実際、世界的にみても、夫婦別姓の国は、フランス、スペイン、カナダなどをはじめ、アジアでは中国、韓国などがそうだし、イランやサウジアラビアなど、イスラム系の国でも多い。

さらに選択制の国は、イギリス、アメリカ、ドイツ、ロシア、オーストラリアなど、先進国のほとんどがそうである。

これに対して、日本と同じ夫婦同姓の国は、タイ、トルコ、オーストリア、インドの一部など、きわめて少ない。

自ら、世界有数の先進国を誇り、男女同権から男女雇用機会均等法などを実行していながら、姓だけは相変わらず夫の家に帰属するとは。

表向きの顔と違うこの古さは、どういうわけか。

むろん、この点については、先に法相の諮問《しもん》機関である「法制審議会」で、選択制夫婦別姓の導入と、非嫡出子の相続格差是正を柱とする、民法改正要綱を答申している。

しかし政府与党による改正案の国会提出の見通しもないまま、すでに十年経《た》っている。要するにやる気がないのだが、これはなぜなのか。

夫婦別姓がみとめられない最大の理由は、自民党のおじさんたちが反対しているからである。

理由は、これを認めると日本古来の家族制度がこわれて、妻の不倫が増えるから、と。

このように、議員自身が動く気配がないし、くわえて同党の高市早苗《さなえ》衆議院議員は、別姓を認めると、「子供の姓が何度も変わる可能性があるから」という理由で反対している。

しかし、これもおかしな理屈で、結婚したらなるたけ続けるように、夫婦がつとめることが先決だろう。それでも離婚するときは、そのことをよく子供に説明すればいい。

とにかく、先々のつまらぬことを考えるより、現実に困惑している人たちのために、別姓を認めるよう動くべきである。

それにしても、夫婦別姓を認めると家族制度が崩壊するとは。もっともらしいことをいっても、崩壊しているところはすでに崩壊しているし、それは夫婦が、そして親子が断絶してかみ合っていないからで、このあたりは別姓になっても変わらない。

さらに別姓にすると妻の浮気が増えるとは、きいただけで呆《あき》れる馬鹿《ばか》々《ばか》しい話。

それじゃ、同姓なら妻は浮気をしないのか、ときいてみたいが、そんなこととは無関係に、する人はする。

それとも自分は浮気をしても、妻だけはさせたくないということで夫婦別姓反対、というのでは、あまりに情け無くてせこい話ではないか。

薬の服《の》みかた

たまたま、数人で食事をしているとき、ある社長さんが小さなバッグから薬を取り出した。

赤、黄、白と、色とりどりの錠剤を掌《てのひら》にのせ、それぞれの数を勘定してから、それをまとめて口にほうり込んだ。

そのあと、今度は水を一気に飲み下し、それでもう大丈夫、というようにうなずいていたが。

あれで、本当に大丈夫なのかな。

薬の服みかたは、人によってずいぶん違うようである。

そんなことをいっても、服み方はきちんと書いてあるじゃないか、といわれても、みながみな、それを守るわけではない。

たとえば薬の袋に、「食後三十分」と書いてあっても、食後の部分だけ採用して三十分は守らず、食べ終えると同時に服む人がいる。

また、ときには忘れて、数時間後に慌《あわ》てて服む人もいる。

薬の服み方で、ある程度その人の性格もわかるが、こういう人は大雑把というか、ものごとに拘泥《こだわ》らないタイプだが、薬の効きめは悪そうである。

反対に、食事を食べ終わるとともに時間を気にして、三十分経《た》ったのを見届けて直ちに服む人もいる。こういう人は几帳面《きちょうめん》ではあるが、これだけ神経質だと、かえって病気は治りにくいかもしれない。

そういえば、以前、医者をしていたころ、「薬は服んでいますか」ときいたら、「服んでいません」と答えた患者さんがいた。

年齢は七十歳くらいだったか、細面の上品な感じのお婆《ばあ》さんだった。

「どうして、服まないのですか」ときくと、「食欲がなくて、食事をいただけないのです」との答え。

食事をいただけないから薬を服まない、とはどういうわけなのか。

不思議に思ってさらにきくと、食事をしないから食後が成り立たず、したがって食後三十分の状態にゆきつけないとのこと。

こういう人には、食後三十分などと気にせず、食事をしなくても一日三回、朝、昼、晩と適当に服んでください、というよりない。

薬の処方箋《しょほうせん》には「食前」とか「食間」「食後」と、いろいろ記されているが、それらはそれなりに理由があるのである。

まず食後三十分は、食事を終えて三十分くらい経つと、胃における食べ物の消化はほぼ終わって食べたものと薬が混じり合ったりせず、食物の影響を受けることも少ない。

また、そのころになると胃で分泌《ぶんぴつ》される胃酸の量も少なくなり、薬が吸収され易《やす》くなる。

さらに胃が活発に働いたあとなので、胃の血液量も増えて、血液中に吸収される薬の量も多くなる。

これを守らず食後すぐに薬を服むと、まだ胃にとどまっている食物と混じり合ううえに、胃酸にも影響されやすく、そのまま食物と一緒に腸に送り込まれてしまう。

これでは、胃で吸収されるようにつくられた薬だと、吸収されぬまま腸に移動して効果は激減する。

次の「食間」とは字のとおり、食事と食事のあいだに服む薬である。

普通、朝、昼、晩と、五時間おきくらいに食事をとるとすると、食事をした二、三時間後に服むのが正しい。このころになると、胃の中から食物は完全に消え去り、胃酸の分泌もほとんどないから、胃酸に弱い漢方薬や生薬を服むのに適している。

ところが、ここでも変わった人がいて、食事と一緒に薬を服む人に会ったことがある。

「どうして？」ときくと、「食事の間に服め、と書いてあるから」と。

食間を食事の途中と解釈するとは、日本語は難しいが、それにしてもいろいろ考える人がいるものである。

次に「食前」だが、これは食事の前、三十分くらいに服むものである。

主に食欲増進剤や、吐き気止めなどの場合が多いが、これもあまり前に服みすぎては意味がない。といって、食べる直前に服まれても困るけど。

それにしても、薬好きは結構多い。

先程の社長もその一人で、絶えず薬を持参しているが、病名をきくと心臓病と高血圧と、血糖値がやや高くて、肝機能もときどき落ちている、とか。

なにやら病気のデパートのような人だが、それでもぴんぴんしていて結構お酒も飲む。

こういう人は、いろいろな薬を常に携帯していて服むのが趣味なのかもしれない。

また、そういう病気好き?の患者さんにやたら薬を出す、困ったお医者さんもいる。

こうして、本人が心配するから薬を出す。薬を貰《もら》うと一生懸命服んでまた薬が欲しくなる。こうなると一種の薬マニアで、薬を服まないと不安で落ち着いていられなくなる。

しかし忘れてならないことは、薬は毒だということである。毒だからこそどこかの器官や臓器に効くのだが、同様に、それは別の器官には毒として働く。

したがって、薬は極力、服むべきではない。

もし、病院で四日分出してくれても一日か二日で治ったら、そこで止《や》めるべきである。

正直いって、わたしは極力、薬は服まないし、サプリメントという怪《あや》し気なものも一切、服まない。そして調子の悪いときは、ひたすら横になって眠るだけ。

眠りは体力の恢復《かいふく》とともに免疫力《めんえきりょく》の増強にもなり、お金もかからず一石三鳥である。

「安楽死検討委員会」をつくれ

富山県の射水《いみず》市民病院でおきた、延命治療中止による七人の患者さんの死亡事件。

いまのところ富山県警の判断にゆだねられているが、はたしてどうなるのか。

ともかく、この事件の裏にはきわめて専門的、かつ複雑な問題が潜んでいるのである。

まず今回の事件だが、昨年十月に脳梗塞《のうこうそく》で倒れ、昏睡《こんすい》状態で入院していた七十八歳の男性患者の人工呼吸器を、担当の外科部長が外すように看護師に指示した。

これを伝えきいた病院長は「なんということをするのか」と同医師を叱《しか》り、直ちに自宅謹慎処分とし、自ら過去五年間のカルテを調べた。

その結果、これまで人工呼吸器が外されて死亡した末期患者が全部で七人いることがわかり、その事実を直ちに市長に報告するとともに、その二日後には富山県警に届け出て明るみに出た、というわけ。

この院長と外科部長は出身大学が異なり、以前から対立していたといわれているが、たしかに医学界には、この種のことはありうる。

それにしても、この手際《てぎわ》のよさは異常。当の院長は先日、テレビにも出て神妙に頭を下げていたが、今度の事件の責任が自分の身に及ぶことを避けようとした手段、と見えなくもない。

今回の事件に対し、富山県警はどのように対処するのか、いまのところまだわからない。

しかしこれまでの経緯を見ると、九五年に末期ガン患者に塩化カリウムを投与して死亡させた、東海大の医師には懲役二年、執行猶予《ゆうよ》二年の判決が下された。

さらに同年、塩化カリウムを投与して死亡させた関西電力病院、九六年に筋弛緩《しかん》剤を投与した国保京北病院の医師は、いずれも殺人容疑で書類送検されたが不起訴。九八年にやはり筋弛緩剤を投与した、川崎協同病院の医師は一審で懲役三年、執行猶予五年の判決で、なお係争中。〇四年に道立羽幌《はぼろ》病院で自発呼吸のない患者の人工呼吸器を外した医師は、殺人容疑で書類送検されている（注・のちに不起訴処分に決定）。

これらを見てまず感ずることは、ケースによって判断がばらばらで基準がはっきりしていないことである。

これは当然で、医療の専門家でもない検事や裁判官が判定できる問題ではない。

それというのも、司法が安楽死の要件としているのは、①耐えがたい肉体的苦痛、②死期がせまっている、③方法を尽くし、他に代替手段がない、④患者本人が安楽死を望む意思表示をしている、の四条件である。

しかし、耐えがたい肉体的苦痛とはどの程度のことをいうのか。死期がせまっているといってもどれくらいの近さのことか。さらに患者本人が安楽死を望むといっても、意識のない患者にどう尋ねるのか。事前に患者が書類で述べておくといっても、闘病中にそんなことがいえるのか。

だいたい、日本人はきれいごとをいうのが好きな国民だが、脳死の判定基準と同様、この安楽死に関する四条件も、頭でつくられた理想論である。

たしかに、これを満たしていれば罪に問われないかもしれないが、末期患者のすべてが、この四条件を備えているわけではない。

さらに俗な見方をすれば、意識のない患者さんに延々と治療を続けることほど、病院にとって利益になることはない。事実、死亡前一ヶ月の終末期医療費だけで年間一兆円近くに達する、といわれている。

くわえて、延命治療だけくり返しているほうが医師にとっても一番楽で、責任もとらなくてすむ。

むろんその結果、入院を必要とする患者さんは入院できず、病院での積極的治療も受けられなくなる。おかげで表面は理想論をふりかざしながら、現実になあなあで安楽死が行われていることも事実である。実際、今回のケースも病院長が大げさに騒ぎださなければ、問題にならずにすんだと思われる。

それにしても、これほど重大で切迫している問題を、このまま放置しておいていいのか。いまのような状態では、現場の医師は病院の事なかれ主義と、現実の患者さんとのあいだでますます悩むことになる。

そこで提案だが、「安楽死検討委員会」のような組織を全国につくってはどうか。

もちろんメンバーは、内科医、外科医、脳外科医、麻酔科医などの専門医で構成し、関東ブロック、関西ブロック、北陸ブロックなど、各地に常駐させる。

そして現場の医師が積極的または消極的安楽死をおこないたい、と考えたときは、この委員会に申し出て直接診てもらう。

委員の医師たちは現場に直行し、担当医の説明をきき、患者の容態を診るとともに家族たちとも会って検討する。そのうえで、これなら回復の余地がなく仕方がない、と判定したら、それを受けて担当医は安楽死を実行する。

むろんこの場合、委員会の判定を受けている以上、担当医が罪に問われることはない。

これから老人医療はますます増え、意識がないまま鼻や口や手足に何本ものチューブを装着した、いわゆるスパゲティー状態の患者を救うには、この方法しかありえない。

厚生労働省は早急に医師会や大学病院と連繫《れんけい》し、こうした組織をつくるよう動き出すべきである。

桜、さくら、サクラ

桜もそろそろ終る。

今年の桜は開花が早かったが、そのあと花冷えが続いて花のもちは悪くはなかった。だが、寒い日や雨や風の日が多く、ゆっくり花を楽しむ機会は少なかった。

花が散るころに必ず思い出すのが『古今和歌集』の次の一首である。

「ひさかたの光のどけき春の日に静心《しづごころ》なく花の散るらむ」

歌の意は簡明だが、「しづ心なく」の一句が、いかにも桜の散るころの心の落ち着かぬさまをよく表している。

まことに、桜ほど人騒がせな花はない。

蕾《つぼみ》が綻《ほころ》び、どこかの一輪が開花したといっては、テレビや新聞などが報じ、以下、五分咲き、八分咲き、満開と伝え、さらには桜前線がどこまで到達と騒ぎたてる。

しかもこの間、決まったように風と雨が押し寄せ、まさに「花に嵐《あらし》」の気忙《きぜわ》しさ。

このころの嵐は、美しい桜への嫉妬《しっと》なのか。

かくして満開を楽しむ間もなく、桜は早々に散っていく。

大宮人が「静心なく」と歌った気持ちはよくわかる。

それにしても散るときまで美しく名残り惜しいとは、桜はどこまで気をもませ、思わせぶりな花なのか。

一茶に「よるとしや桜のさくも小うるさき」という句があるが、まさしくそのとおり。

だが桜が散るころになって、ようやく温かい日が訪れる。

いま、書斎から見える桜も春陽のなかでゆったりと散っている。

散る桜で思い出したが、『失楽園』を書いているとき、窓から桜の花片《はなびら》が舞い込んでくる部屋を探すのに一苦労した。

旅館の一室で情事のあと、女性が寝乱れたまま横たわっている。その肩口にひらひらと桜が散る。そういう想定でいろいろ訪ねた末、伊豆修善寺の「あさば」という旅館を見つけたときはほっとした。

此処《ここ》の露天風呂《ぶろ》の横にも桜の大樹があり、石に囲まれた湯に花片が散るのも風情《ふぜい》があった。

いま一軒、京都の高台寺の近くの料亭にも桜が舞い込む座敷があった。そこの仲居さんが、「掃除機に桜の花片を吸いこむのは、辛《つろ》うおす」といっていた。

この桜にも、出生の場所によって運、不運がある。

たとえば、東京の霞《かすみ》が関《せき》のようなビルの谷間にある桜。こちらの桜はいかに懸命に咲いても、まわりの石とコンクリートの壁にはさまれて色も冴《さ》えず見栄《みば》えがしない。

これに比べて、千鳥《ちどり》ヶ淵《ふち》の桜は皇居の緑やお濠《ほり》の水に彩《いろど》られて一段と美しさがきわだつ。

京都の桜がひときわ美しいのは、この背景が優れているからである。

東山などの山を背景に松や柳につつまれ、くわえて古い神社仏閣の佇《たたず》まいが趣をそえる。

散る花片も、哲学の道沿いのせせらぎに散れば道行く人は見とれるが、車の行き交う路《みち》に散った桜は、人々の靴や車のタイヤに踏みつけられるだけである。

どうせ桜に生まれるのなら、「京都の東山で生まれたかった」と嘆いている桜も多いかもしれない。

それにしても、桜には美しさの他に、怪しく不気味な気配がある。とくに夜の枝垂《しだ》れ桜は、眺めているうちに天から血の滝が落ちているような妖《あや》しさにとらわれる。

突然、風情のない話に変わるが、子供の頃、桜の樹《き》におしっこをかけると男の子のあそこが腫《は》れてくる、という言い伝えがあった。

本当か。生意気盛りのわたしは勇気を出してかけてみたら、その翌日から本当に腫れてきた。幸い数日でおさまったが、怖くて母にもいえなかった。

あれは本当に桜の樹の怒りをかったのか。それとも樹の根元にいた蟻《あり》たちの反撃だったのか。

それ以来、桜には、美しいと思う一方で不気味な思いを抱き続けてきた。

そういえば、わたしの原作の「桜の樹の下で」という映画を撮影していたころ、現場のカメラマンにきいたことがある。

あるとき、満開の桜のシーンが欲しいが、まだ少し早すぎたので、徹夜で撮影用のカメラのライトを樹に当て続けた。するとその樹だけたしかに早く咲いたが、それ以後三年間、まったく咲かなくなったとか。

人間の無法なやりかたに、桜の樹は怒り、黙したのだろうか。

そこでいま一つ思い出したのだが、いま東映の社長をしている岡田裕介《ゆうすけ》氏からきいた話。

裕介氏がまだ子供の頃、時代劇の名優、市川右太衛門《うたえもん》丈と世田谷の馬事公苑《こうえん》に行ったら桜が満開だったとか。

そこで裕介氏が桜を指さし、「これはソメイヨシノですよね」といったら、右太衛門丈は即座に「違うよ」と否定して、「裕ちゃんこれはサクラだよ」とおしえてくれたとか。

さすが名優は違う。世俗の知識をこえて泰然自若、揺らぐところがない。

ともかくこれでようやく桜も終るが、東北はこれからである。

北海道で小学校へ入ったとき、「サイタ、サイタ、サクラガサイタ」と読まされたが、校庭にはまだ雪が残っていた。

「さまざまの事思ひ出すさくらかな　芭蕉《ばしよう》」

ガン医療の最前線

「手術の日は、やはりお日柄のいい日がいいでしょう」

「と、仰言《おつしや》ると？」

「貴女《あなた》の生理は、どうなっていますか？」

こんな会話が、医師と患者さんのあいだで交わされるとは。

以上は、なにも医師がふざけていっているわけではない。

こういう会話が現実に、手術を受ける前には必要なのである。

それというのも、乳ガンを手術する場合、その日によって手術結果が違ってくる。

具体的にいうと、月経周期前半の卵胞期と後半の黄体期にしたケースとでは、あとの黄体期にしたほうが術後の経過がはるかに良好、というのである。

これはイギリスなどでの研究でわかってきたことで、同地のサート博士らの調査によると、乳ガン手術を受けた九六人のうち、十年後も再発がなく生存しているのは卵胞期に手術を受けた人では四〇パーセントであるのに対して、黄体期に受けた人では七二パーセントであった、と。

また別のフェンティマン博士らの調査によると、やはり乳ガンの手術を受けた一一二人の予後は、卵胞期に受けた人の生存率が四五パーセントなのに、黄体期に受けた人は七五パーセントと明らかに有利で、サート博士らの研究とほぼ同じ結果になったという。

このように、女性の乳ガンの手術日には、生存率のよくなる「大安」の日と、あまりかんばしくない「仏滅」の日とがあることがわかってきた。

これを不思議に思う人もいるかもしれないが、このことは以前から一部の研究者のあいだでも考えられていたことである。

その理由は、月経直後の卵胞期には女性ホルモンのエストロゲンが多く分泌《ぶんぴつ》され、これが手術によって血液中に流れ出し、ガン細胞を刺激して活性化させるからである。さらに卵胞期の終わりにおこる排卵に合わせて、受精促進効果が強まり、これが免疫力を低下させる。

事実、免疫システムに重要な役割を果たすナチュラル・キラー細胞（NK細胞）の活性が卵胞期には低下し、黄体期にはこのNK細胞が活性化することが認められている。

以上のことから、乳ガンについては、生理が終って十二日目から次の生理がはじまるまでの期間に手術を受けるほうが、十年生存率は大幅によくなるということがわかってきた。

これまでは手術の日など、すべてお医者さんまかせで、患者さんのほうから口をはさむことなぞ、できなかった。

だが、以上のことがわかったら、患者さんのほうから、「わたしの手術は何日頃にお願いしたいのですが」ということができる。

むろん、それを医師が受け入れてくれるか否《いな》かは別問題だが、言ってみる価値はある。

こんな真新しい医学の知識をわかり易《やす》く書いてあるのが、三五館から出版された『ガン医療のスキマ・30の可能性』という本で、著者は、「すばるクリニック」院長の伊丹仁朗《いたみじんろう》氏。

氏は自らをガン医療の探偵ホームズと称して、現代のガン治療でおきざりにされているさまざまな疑問に果敢に取り組んでいく。

とくにこの本の冒頭で、現代のガン治療は「キセル型」である、と批判している。

キセルはいうまでもなく、先に煙草《たばこ》をつめ込む金属があり、中間は長い筒で、もう一方の先にまた吸い口の金属がついている。

この先の煙草をつめこむ部分を、外科医が手術や放射線、化学療法などをおこなう、いわゆる初期治療の時期だとすると、うしろの吸い口の部分は、疼痛《とうつう》緩和やホスピスケア主体の終末医療があるだけ。

だがこの中間の長い筒に当たる部分は、ガンの再発を予防し、さらには再発したガンを治療するきわめて大切な時期だが、現実の医療ではこの間がほとんど放置されたままになっている、というのである。

この極端なアンバランスの解消に立ち向かうにはどうすればいいか、ここでホームズ先生のユニークな方法がいろいろと紹介されている。

たとえば、「ガンの免疫《めんえき》増強には、適度な運動が効果的」として、いままでの安静一点ばりの治療法を批判している。また「ガン闘病中は、なにをどう食べればいいか」と、科学的裏付けのある、食事療法をすすめている。

さらに「ガン闘病中には、必ずインフルエンザワクチンを」とか、「抗ガン剤は、ゆっくり少なくつかうのが効果的」など、新しく示唆《しさ》に富んだ見解が数多く、かつ明快に記されている。

ほかにも、「必要のない手術をする外科医がいるって、本当ですか？」という項目の中では、「手術に飢えた外科医にご注意」と、治療の最前線にいる医師ならではの意見も記されている。

以上、素人《しろうと》の患者さんにもわかり易く書かれているが、内容はきわめて科学的で説得力がある。

このように、専門医師と患者さんを結ぶ本を両者の橋渡し役として、わたしは「ブリッジブック」と呼んでいるが、本書はまさしくその典型的な好著。

かつて医師であったわたしが読んでも大変勉強になったので、ここでとくに紹介することにする。

「カサブランカ」に見る男と女

往年の名画「カサブランカ」が、歴代の優れた映画脚本のうちの最優秀脚本に選ばれたとか。

これは、全米の映画、テレビなどの脚本家九千五百人でつくる、全米脚本家組合によって選び出され、二位は「ゴッドファーザー」以下「チャイナタウン」「市民ケーン」となっている。

「カサブランカ」は戦後まもなく日本に輸入され、多くの観客を魅了した名作である。御存知の方も多いと思うが、舞台となったのは一九四〇年の仏領モロッコのカサブランカ。

当時、此処《ここ》にはヨーロッパ各地からナチに追われ、自由を求めて渡米しようとする人々があふれていた。

パリで失恋し、この街にたどり着いてナイトクラブを経営しているリックのもとへ、ナチの手を逃れてきた抵抗運動の指導者が現れる。

だがその人物の妻は、かつてリックがパリにいたとき、熱い恋におちたイルザであった。


二人は思いがけない再会に驚き、心ときめかせながら、互いの身の上を語り合う。

夫がナチに追われているイルザは、いっときも早くアメリカへ発《た》ちたいが、容易に旅券がとれない。


そんな切羽つまった状況の下で、リックとイルザは逢瀬《おうせ》を重ね、語り合う。

この映画には各所にお洒落《しゃれ》な会話がちりばめられていて、たとえばリックと他の女性との会話に、次のようなのがある。


「昨日はどこに？」という女の問いに、「そんな昔のことは覚えていない」と。

「今夜は？」という問いには、「そんな先のことはわからない」と。


なかでもっとも有名になったのが、リックがイルザにいう次の一言。

「君の瞳《ひとみ》に乾杯」

まさに恋の名台詞《めいぜりふ》ナンバーワン。

わたしもこれをつかいたくて、当時つき合っていた彼女に思い切って言ってみたが、

「馬鹿《ばか》ね……」といわれただけだった。

主演はいうまでもなく、ハンフリー・ボガートとイングリッド・バーグマン。

帽子を斜めにかぶり、トレンチコートを着たボガートと、つぶらな瞳のバーグマンは、まさに似合いのロマンチックコンビであった。

また、二人が会う度に流れる音楽、「時の過ぎゆくままに（As Time Goes By）」も多くの若者を魅了した。

そのころはよくこの曲をバックに、チークを踊ったものである。

二十年前、わたしがカサブランカに行ったときは、「リックのバー」という店があったけど。

映画は日本でも大ヒットして、この映画をもとにつくられたのが、石原裕次郎主演の「夜霧よ今夜も有難う」だときいたが、本物と比べるといささか陳腐であった。

アメリカでは一九四三年にアカデミー賞を受賞。ということは、太平洋戦争の真っただなか。

日本が各地で悲惨な戦いをしているときに、アメリカではこんなロマンチックな映画をつくっていたとは。

こんな国に、勝てるわけがない。

ところで、ここに登場する男女関係をどう見るか。今回、本当に書きたかったのは、この点だが、リックとイルザは、リックの店で偶然再会してから密《ひそ》かに逢《あ》い、パリ時代の思い出に浸るが、女の本当の願いは、夫とともにアメリカに渡ることである。

しかしそのためには顔のきくリックに頼んで、旅券を工面してもらわなければならない。つまり、女の心には懐《なつ》かしさとともに打算もある。

むろん、そのことは男も知っているが、何度か逢い、「君の瞳に乾杯」といいながら、心は再び女に惹《ひ》かれていく。

だがそうした心とは裏腹に、男は女のために二人分の旅券をとってやる。

この映画にみなが酔ったのは、男の無償の愛、というロマンチシズムである。それでなにも得られるわけではないが、なお女に尽くそうとする、その男の愛の大きさに感動したのである。

ラストシーン、夜の空港で、女と夫を乗せた旅客機が爆音を残して夜空へ飛び去って行く。

それを見送るリックの、淋《さび》しいうしろ姿が哀愁をそそる。

しかし、それに酔ったのは主に男たちだけだった。

その証拠に、この映画を見た女性たちは、男の優しさにうっとりとはしても、これと同じことを女性もするかときくと、ほとんどの女性たちの答えは「ノー」だった。

それは、この男と女の立場を逆にするとよくわかる。

いまは一人で、ある店を経営している女性の許《もと》に、かつて恋人であった男が女連れで現れる。しかもその女性とは結婚していて、二人でアメリカに逃れようとしている。

このとき、一人でいる女は、元恋人と妻のために、危ない手段をつかってまで旅券を手に入れ、二人を逃してやるだろうか。

「そんなことをする女性は、一人もいません」

ある女性がつぶやいたが、それはいまも変わらぬ真実に違いない。

だが男はいつも未練がましく夢を見る。

異国の甘く切ない恋を描いた名作も、その原点は男の独りよがりなロマンチシズムとお人好《ひとよ》しから成り立っていた。

この男と女の違いは、当時もいまも変らぬ永遠の真理である。

宝塚を見る

久しぶりに東京宝塚劇場に行く。

といっても、たしか二十数年ぶり。

前回は「ベルサイユのばら」だったが、今回も同じ演《だ》しもの。

この作品は、当時もいまも変らぬ宝塚の永遠のヒット作である。

今回、宝塚を見ることになったのは、偶然のきっかけからである。

小川甲子《かつこ》さん、といっても知らない人が多いかもしれないが、宝塚劇場の支配人で、かつての宝塚の大スター、甲にしきさんといえば、古いファンはみな気付くはず。

この小川さんと久しぶりに銀座のバーでお会いしているうちに、「一度、宝塚を見ませんか」とお誘いを受けて、見せていただくことになった、というわけ。

そこで、二十年ぶりに見た宝塚はすべてが新鮮。

まず、東京宝塚劇場は五年前に建替工事が完了してリニューアルしたばかり。シャンデリアの光り輝くエントランスには赤い絨毯《じゅうたん》が敷きつめられて夢の世界へ誘《いざな》い、客席数は二〇六九席と、名前どおりの大劇場。

全国の劇場のなかで、もっとも女性用のトイレが多い、ということだが、ファンは圧倒的に女性が多いのだから、当然といえば当然。

実際、超満員の客席は右を向いても左を向いても女性ばかり。

男はいないかと探すと、女性のなかにぽちぽちといることはいる。さすがに男性用のトイレに行くと全員が男性で、これも当然のことながら少し安心する。

舞台はご存知、フランス革命直前のベルサイユ宮殿の内部。激動の時代を背景に、オスカルとアンドレとの熱い恋物語がからむ。

今回は雪組公演で、オスカル役は同組の朝海《あさみ》ひかる、その相手役のアンドレには、当日は貴城《たかしろ》けい。ジャルジェ将軍は星原美沙緒《みさお》、同夫人は矢代鴻《やしろこう》等々だが、わたしの好みは衛兵隊班長の水夏希かな。

ともかく舞台装置も衣装も豪華絢爛《けんらん》、テンポもよく三時間余の公演時間も飽きることはない。

一九七四年の初演以来、練りに練って完成された舞台だけに、四百万人以上の観客を動員したというのも、なるほど、とうなずける。

それにしても宝塚は、そして「ベルサイユのばら」は、なぜかくも女性に人気があるのか。

舞台を見ながら、わたしなりに考えてみたが、その最大の理由は、ストーリーのリアリティのなさかもしれない。

ご存知の方も多いと思うが、このオスカルという主人公は、実は王家を守る貴族の伯爵《はくしやく》家に生まれた六番めの女児。ヘブライ語で神と剣という意味のオスカルと名付けて、男の子として育てる。

このオスカルは長じて凜々《りり》しい美青年となり、剣の名手となるが、やがて自分に忠実に尽くすアンドレに恋し、恋される。

だが、王政は傾きフランス革命勃発《ぼつぱつ》とともに、オスカルは貴族の地位を捨て、衛兵隊士を引き連れてパリへ向かい、国王側の軍隊と戦うが、アンドレに続いて敵に撃たれて倒れる。

その悲しみの果てに二人は天国で再会し、ガラスの馬車に乗って強く抱き合い、永遠の愛を誓う。

以上が大まかなストーリーだが、はっきりいって、ここにリアリティはほとんどない。

すべてが絵空《えそら》ごとというか、ひたすら美しくつくられた夢物語。

しかし、だからこそ若い女性もおばさまたちも、たっぷり三時間、現実とはかけ離れた夢の世界に遊び、華麗な世界を堪能《たんのう》できるのだろう。

そこで思い出したのが、つい少し前、おばさまたちが熱狂したヨン様ブーム。それと同様、ひたすら優しく美しくて、なまじリアリティがないぶんだけ安心して楽しめる、ということのようである。

正直いって、男たちはそこまでうっとりと夢見心地にはなれない。

ストーリーや台詞《せりふ》の一つ一つが大袈裟《おおげさ》でもったいぶって、甘すぎる。

こんな馬鹿《ばか》げた話、ありっこないと思うが、しかしこの舞台、男も結構楽しめる。

まず、若くて美しい女性が次々と登場する。

それも当然、全員が宝塚のスターだから、歌も踊りも上手でスタイルがいい。

それにしてもみな小顔で、これが過ぎると鳥を見ている感じで舞台映えがしないけど。

この劇とは別にショウも華やかで、数十人が横一列に並んで踊るラインダンスが圧巻。

そういえば二十代の初めの頃、彼女に振られたあと、なに気なく日劇に行き、ラインダンスを見るうちに、こんなにいい女性がたくさんいるのだから、なにもあんな女にこだわることはないと、あきらめることができたけど。

いま、失恋中の男性は、ぜひ宝塚を見て気分転換をしてみては。

いやいや、それだけでなく熟年のご夫婦もぜひ一緒に見に行くべきである。

「宝塚に行こうか」と誘えば、もちろん奥様は二つ返事でオーケー。

家にくすぶっている夫も、あれだけ華やかな舞台を見たら目が覚めるし、何人もの美女が高々と肢《あし》を上げて踊るのを見たら、間違いなく若返る。

しかもそのあと、「あそこがよかった、あの役者がいい」と、夫婦の会話も復活する。

「愛、それは甘く　愛、それは強く　愛、それは尊く……」

二人でベルばらの歌を唄《うた》えば、夫婦の倦怠期《けんたいき》も吹き飛ぶかも。

あとがき

本書は、平成十七年五月から平成十八年五月まで、週刊新潮に連載したエッセイをまとめたものである。

それだけに、いまさらいっても、あとの祭りの感もあるが、この一年余、わたしなりに思い、考えたことの集約である。

はたしてこの一年余、みなさんはどう思い、どう考えられたか。それらを思い出しながらこの本を読んでいただければ幸いである。

著者

この作品は平成十八年七月新潮社より刊行された
『あとの祭り　恋愛は革命』を改題したものです。

渡辺淳一著

花埋み

夫からうつされた業病に耐えながら、同じ苦しみにあえぐ女性を救うべく、医学の道を志した日本最初の女医、荻野吟子の生涯を描く。

渡辺淳一著

パリ行最終便

別れた男を忘れるためにアムステルダムで暮す靖子。その彼からパリで会いたいという航空便が届く。巧みな心理描写で描く作品集。

渡辺淳一著

リラ冷えの街

人工授精という運命的で冷酷なめぐり合わせを経て、十年近い歳月の後に結ばれた有津と佐衣子。北国の街に現代の愛の虚しさを描く。

渡辺淳一著

北都物語

単身赴任した塔野がスナックバーで知りあった女子大生、絵梨子。北の都、冬の札幌に燃えつきた愛のかたちを描き出す長編ロマン。

渡辺淳一著

まひる野（上・下）

弟が内ゲバで殺した学生の父親を愛してしまった多紀。京都の扇子商を女手一つで切りまわしてきた彼女の初めての恋だったが……。

渡辺淳一著

七つの恋の物語

赤坂のスナック〝水曜日の朝〟でかわされる聞き上手のママとお客たちとのしゃれた会話のなかに、愛の美学をすくいとった連作小説。

渡辺淳一著
愛のごとく（上・下）

愛しい人と家庭とのはざまで、さまざまに揺れ動く男の心と性を底の底まで描きつくして『ひとひらの雪』『化身』の原点となった話題作。

渡辺淳一著
別れぬ理由

互いに外に愛人を持つ夫と妻。疑い、争いつつ、なお別れる道を選ばない二人を通して、現代の〈理想〉の夫婦像をさぐった話題作。

渡辺淳一著
桜の樹の下で（上・下）

桜の魔性に憑かれたように同時に同じ男を愛してしまった母と娘の悲劇の中に、悦楽と背徳の美の世界を精緻に描きだした長編小説。

渡辺淳一著
風の噂

熱烈な恋愛の果てに別な女性と結婚した男が15年たってなお女の消息に心を揺らす表題作など、男女の心の機微を絶妙に捉えた短編集。

渡辺淳一著
白夜（I〜V）

医学か文学か。己のなかの可能性を手探りしつつひたむきに生きる青春の心の軌跡を、北の都札幌を舞台に描く自伝的五部作。

渡辺淳一著
何処《いずこ》へ

作家を志し妻子を残して愛人と上京した青年医師。惹かれあいながらも、裏切りを繰り返す男と女の複雑微妙な関係を描く長編小説。

渡辺淳一著　ヴェジタブル・マン（植物人間）

人身事故で被害者を植物人間にしてしまったエリート商社マンの苦悶。生と死のあわいを抉る表題作など四編を収録の文庫オリジナル。

渡辺淳一著　かりそめ

しょせんこの世はかりそめ。だから、せめて今だけは……。過酷な運命におののきつつ、背徳の世界に耽溺する男と女。

渡辺淳一著　化粧（上・下）

京の料亭「蔦乃家」の三人姉妹——個性あざやかな三人三様の生き方にひそむ伝統美と禁忌の愛との激しい相克を華麗に描く長編小説。

渡辺淳一著　あとの祭り　指の値段

究極の純愛は不倫関係にある。本当に「男らしい」のは、女性である——。『鈍感力』の著者による、世の意表を衝き正鵠を射る47編。

有吉佐和子著　紀ノ川

小さな流れを呑みこんで大きな川となる紀ノ川に託して、明治・大正・昭和の三代にわたる女の系譜を、和歌山の素封家を舞台に辿る。

有吉佐和子著　悪女について

醜聞にまみれて死んだ美貌の女実業家富小路公子。男社会を逆手にとって、しかも男たちを魅了しながら豪奢に悪を愉しんだ女の一生。

新潮文庫最新刊

重松清著
きみの友だち
僕らはいつも探してる、「友だち」のほんとうの意味――。優等生にひねた奴、弱虫や八方美人。それぞれの物語が織りなす連作長編。

唯川恵著
恋せども、愛せども
会社員の姉と脚本家志望の妹。郷里の金沢に帰省した二人は、祖母と母の突然の結婚話に驚かされて――。三世代が織りなす恋愛長編。

金城一紀著
対話篇
本当に愛する人ができたら、絶対にその人の手を離してはいけない――。対話を通して見出されてゆく真実の言葉の数々を描く中編集。

湯本香樹実著
春のオルガン
いったい私はどんな大人になるんだろう？小学校卒業式後の春休み、子供から大人へとゆれ動く12歳の気持ちを描いた傑作少女小説。

橋本紡著
流れ星が消えないうちに
忘れないで、流れ星にかけた願いを――。永遠の別れ、その悲しみの果てで向かい合う心と心。切なさ溢れる恋愛小説の新しい名作。

志水辰夫著
帰りなん、いざ
美しき山里――、その偽りの平穏は男の登場によって破られた。自らの再生を賭けた闘い。静かに燃えあがる大人の恋。不朽の長篇。

新潮文庫最新刊

吉本隆明著
日本近代文学の名作
名作はなぜ不朽なのか？　近代文学の名篇24作から「名作」の要件を抽出し、その独自の価値を鮮やかに提示する吉本文学論の精髄！

阿刀田高著
短編小説より愛をこめて
短編のスペシャリストで、「心中してもいい」とまで言う著者による、愛のこもったエッセイ集。巻末に〈私の愛した短編小説20〉収録。

岩合光昭著
ネコさまとぼく
世界の動物写真家も、ネコさまには勝てない。初めてカメラを持ったころから、自分流を作り上げるまで。岩合ネコ写真 Best of Best

半藤末利子著
夏目家の福猫
〝狂気の時〟の恐ろしさと、おおらかな素顔。母から聞いた漱石の家庭の姿と、孫としての日常をユーモアたっぷりに描くエッセイ。

安保徹著
病気は自分で治す
—免疫学101の処方箋—
病気の本質を見極め、自分の「生き方」から見直していく——安易に医者や薬に頼らずに自己治癒できる方法を専門家がやさしく解説。

大橋希著
セックスレスキュー
人妻たちを悩ませるセックスレス。「性の奉仕隊」が提供する無償の性交渉はその解決策となりうるのか？　衝撃のルポルタージュ。

あとの祭《まつ》り　冬《ふゆ》のウナギと夏《なつ》のふぐ

新潮文庫　わ-1-35

平成二十年八月一日発行

著者　渡《わた》辺《なべ》淳《じゅん》一《いち》

発行者　佐藤隆信

発行所　株式会社　新潮社

郵便番号　一六二―八七一一
東京都新宿区矢来町七一
電話　編集部(〇三)三二六六―五四四〇
　　　読者係(〇三)三二六六―五一一一
http://www.shinchosha.co.jp

価格はカバーに表示してあります。

乱丁・落丁本は、ご面倒ですが小社読者係宛ご送付ください。送料小社負担にてお取替えいたします。

印刷・大日本印刷株式会社　製本・加藤製本株式会社

ISBN978-4-10-117635-2 C0195